Klokkies en Granaatjies

Mengelmoeskardoes van fiksionele kortverhale

Mari Ströh

Malherbe Uitgewers Publikasie

Outeur: Mari Ströh
Voorbladontwerp: Mari Ströh

Geset in Franklin Gothic 12pt

ISBN 978-1-997443-30-8
Eerste Uitgawe 2025

Tot eer en tot sieraad van God

Vir Millie

Inhoud

Abrakadabra

Die laatmiddag word omring deur die geurige stilte van Pa se welige klein tuin. Welig na onverdiende, maar welkome genadewater.

Ek dink ver, ek dink aan keuses wat gemaak is, verlore oomblikke en die paaie wat ek geloop het. Maar bowenal wonder ek oor myself.

"Pa? Wie is ek regtig?"

Pa hark die hopies vuilgoed wat hy uitgetrek het bymekaar en gooi dit in die kruiwa langs hom. Hy kyk op, haal sy hoed af en vryf oor sy bles.

"'n Ma, 'n ouma, 'n suster en vriendin. Jy was ook iemand se ander helfte en jy is mý kind. Wat byt, Susaar?"

Dit is al wat ek wou hê: Pa se volle aandag.

"Ek wonder oor al my tekortkominge, Pa. Was ek 'n goed genoeg vrou? Is ek 'n goed genoeg ma, ouma, suster, vriendin en dogter? Natuurlik sal niemand, sou ek vra, die waarheid praat as ek nie is nie. Ek sal dit in hul optrede sien. Nie-verbale kommunikasie soos lyftaal verklap ook hoe ons voel en wat ons dink.

Ek het geite en giere, Pa, te veel om op te noem. Dit sou in elk geval 'n taak wees wat grens aan die onmoontlike, maar daar is uitsonderings ... byvoorbeeld: Pa het ons geleer van asseblief en dankie. Dit was toorwoorde om iets te kry, amper enige iets. Jy het dit nooit vergeet nie. Indien jy wel vergeet het, is daar na jou, deur geveinsde verstandelik vertraagde oë, gestaar en dan, as jy nie gou genoeg reageer nie: "Wat is die toorwoord?"

Pa kom stadig aangestap en neem plaas op die stoel langs my, haal sy sakdoek uit en vee die sweet van sy gesig af, praat nie.

"Ek voel sleg wanneer ek uitdrukking aan my woede gee, wanneer iemand jou net ken as hul jou nodig het. Kry skaam vir myself wanneer ek teësinnig is om te help sonder 'n toorwoord. Asseblief klink tog soos 'n versoek. Daarsonder is dit 'n opdrag? Ek kan nie besluit wat ek hiermee wil doen nie; moet ek die kwaad net voel, of moet ek oorgaan tot aksie?" Toe dit lyk asof Pa iets wil sê, steek ek my hand in die lug om te wys dat ek nog nie klaar is nie.

"Ek weet dat liefde jou nie in die skuld laat by iemand nie. Met ander woorde, jy moenie iets in ruil doen vir liefde nie, nie eers asseblief vra nie. Reg?"

"Nee, jy is verkeerd, my kind," val Pa my in die rede. "Goeie maniere kos niks. Dis gratis en verniet. Met die hoed in die hand kom mens deur die hele land. Dit was en is nog altyd die reëls van goeie gedrag.

"Wanneer iemand vir jou 'n geskenk gee, sê jy 'baie dankie'. Dit is al wat jy hoef te doen. Dit plaas jou onder geen verpligting nie. Dit beteken nie jy hoef nie asseblief te vra vir 'n guns nie? Jaag daai pampoenspoke in jou kop se kuberruimte maan toe!"

"Pa, ons almal weet, as jy nee sê, is dit 'n refleksie op jou en nie op hulle nie, maar ek kry dit nie reg om 'n moordkuil van my hart te maak nie. My gesig en my hart praat nie saam nie. Hoekom ontstel iets kleins soos 'n "asseblief" my? Ek voel skuldig wanneer ek mý behoeftes voor dié van ander stel!"

"Susaar, hê dan die vrymoedigheid en sê: vra jy of sê jy? Enige intelligente mens sal die skimp vang. Jy weet, sekere vriendskappe is ongesond, suig ons vas soos 'n parasiet en tap jou energie; dan móét jy dit erken, daaroor praat en as dit nodig is, wegstap. Ek moet egter byvoeg: Moenie vergeet nie dat ons partykeer te besig raak en dan glip ons om die toorwoorde te onthou. Dit gebeur met ons almal."

"Ek het so baie vrae, Pa. Ons word aan ons vriende geken en mooiweersvriende is volop gesaai. Is dit hierdie verwronge idees wat my keer om 'n vol en eerlike lewe te lei? Hoe verander ek? Sal en kan ek dit oorkom? Dit voel of ek nie meer reguit kan dink nie."

"Ai, my kind, as jy nie reguit kan dink nie, hou dan op dink. Vóél. Ek weet baie mense vandag stel 'n gevoel van eiewaarde gelyk aan verwaandheid, maar jy weet selfliefde begin met erkenning dat jy ook God se handewerk is.

"Moenie dat klein en onbelangrike twak jou lewe omverwerp nie. Wanneer jy vergewe, word jy vry; versoening bring vrede. Jy móét kan vergewe, dit is deel van jou karakter.

"Onthou jy? In elke mens is daar 'n geveg tussen 'n goeie en 'n slegte wolf aan die gang. Die een wat gaan wen, is die een wat jy kos gee. Jy het vryheid van keuse ontvang. Jy moet die goeie wolf voer met positiwiteit! Jy is die heldin in die storie van jou lewe.

“Om jou potensiaal en roeping uit te leef, moet jou menswees gegrond wees in jou outentieke identiteit; anders leef jy iemand anders se storie en kan jy nie kies nie. En eendag, Susaar, nie te vêr in die toekoms nie, sal jou storie ook tot ’n einde kom. Kies reg, kies die lewe, my kind.”

Ek lief Pa se wolf storie en soos gewoonlik is hy reg oor alles. Soms moet ék verander, nie die situasie nie, en ek weet daar is nuwe horisonne wat wag om ontdek te word. Met of sonder vriende, maar mét asseblief en dankie! Ek moenie bang wees vir verandering nie. Inteendeel, ek moet dit met geesdrif en opgewondenheid doen, want in my hart het ek geloof, hoop en liefde wat my sal dra ... ongeag!

Die pottebakker is steeds besig om aan die kleipot, EK, te werk.

Batya

Dit was die jaar van koning Agab se dood. Ek is as negejarige dogtertjie uit die land Moab ontvoer deur die Siriese man, Naäman. Hy het 'n ordentlike hoeveelheid rykdom gehad en het, as bevelvoerder, die Aramese leër gelei. Ek weet dit het met my gebeur omdat ons, die Israeliete, gedink het daar was geen God meer nie. Ons het afvallig geraak en het eerder die god van Ekon geraadpleeg vir hulp en raad. Dit was 'n sonde in die oë van God ons Vader.

Dit was ook in dié tyd dat oom Elia in die hemel opgeneem is en hy 'n dubbele deel van sy gees op oom Elisa laat kom het.

Daar word vertel dat oom Elisa alles sien gebeur het en die oomblik toe hy oom Elia nie meer kon sien nie, het hy sy klere gegryp en dit in twee stukke geskeur. Mamma sê dit was 'n teken van hoe seer sy hart was. Hy het daarna oom Elia se mantel wat op hom geval het, gevat en op die water geslaan. Die water is na weerskante verdeel. Ongelooflik!

My lewe as die slavin van Naäman se mooi vrou, ook my meesteres, was nie altyd maklik nie. Ek het dinge gehoor en sien gebeur wat my hart in stukke gelaat het. Sommige mense het inderdaad verkies om slawe te wees aangesien al hulle behoeftes dan deur hulle meesters voorsien word maar as negejarige was my behoefte net om by mamma te wees.

Om 'n slavin te hê was 'n statussimbool. Naäman, my heer, was hoog in aansien, want deur hom het die Here aan die Arameërs 'n oorwinning gegee, en hy was as 'n dapper held gereken. Ek het tente geskrop en gevee, geleer skoene poets, hare gewas en gekam, klere herstel, medisyne uitgedeel en wonde verbind, om maar net 'n paar van my take te noem.

Maar ... my heer was nie net gewild en geliefd nie, hy was ook melaats!

Sosiaal was hy 'n seën onder sy mense en in sy land, maar die melaatsheid was 'n straf en het 'n skandvlek op hom geplaas met baie spanning en konflik, tuis sowel as op die gevegsfront.

In wese maak hierdie siekte senuwee-eindpunte dood, so diegene wat dit het, voel nie pyn wanneer ledemate ontsier, draai en agteruit gaan nie.

Ek het nagte wakker gelê en luister hoe my heer en meesteres rusie maak. Een so 'n slaaplose nag het dit my bygeval hoe ek aan my naam Batya gekom het. Mamma het my vernoem na die destydse koning Farao se dogter wat Moses in die mandjie uit die rivier gered het. Haar naam is daarna verander na Batya wat beteken: 'Die dogter van God'. Ek weet ek sal my mond moet oopmaak en vertel wat oom Elisa alles deur God kan vermag en reeds gedoen het. Maar hoe en waar sal ek begin? En wanneer sal die regte tyd wees?

'n Stem het uit die nag gekom. Ek dink dit kon dalk 'n droom ook gewees het, maar die boodskap was duidelik: "Dogter van God, maak jou mond oop en praat. Wees dapper genoeg om God se liefde aan jou vyand te wys. Dit sal God toelaat om 'n hart en 'n nasie, jou nasie, te verander."

Dit het baie moed geverg om die regte ding te doen in 'n moeilike situasie, maar ek het geweet, om te help dat Israel weer op die regte pad kom moet ek gehoorsaam wees. Ek het geweet my heer moet by oom Elisa uitkom ...

Oom Elisa wat 'n skottel sout op slegte en onvrugbare grond uitgegooi het en die water daar weer gesond en drinkbaar gemaak het.

Oom Elisa wat twee en veertig seuntjies, toe hulle met hom gespot het, in die Naam van die Here gevloek het sodat twee berinne hul verskeur het. God is 'n God van orde.

Het hy nie self vertel dat 'n vrou van die profeteseuns in die skuld was en dit nie kon betaal nie? Hy het haar gestuur om kanne, baie kanne, by die bure te gaan leen en dit vol olie te maak, olie vanuit haar eie klein flessie. Sy het die olie verkoop en kon haar skuld vereffen.

En wat van die Sunamitiese vrou wat vir hom huisvesting gegee het. Sy wou so graag 'n seun hê. Oom Elisa het net gesê: "Sulke tyd oor 'n jaar sal jy 'n seun omhels." En toe die seun later jare baie siek word en doodgaan, het hy wat oom Elisa is, twee maal bo-op die kind gaan lê, sy mond op die kind se mond, oë op sy oë en sy hande op die kind se hande gelê ... Die seun het daarna sewe maal genies en sy oë oopgemaak. Oom Elisa sal my heer Naäman ook kan help, ek weet dit net!

Dit was 'n droë, baie koue wintersoggend toe ek voor my meesteres op die grond gaan sit en begin praat. Eers saggies gemompel en toe sy haar voet stamp, al harder. Ek het dit twee keer gesê: "Ag, was my heer maar net by die profeet wat in Samaria is, dan sou hy sy melaatsheid wegneem."

My meesteres het my aan my hare opgetel en in my verskrikte traangevulde oë gekyk. Sy was wit om haar mond en haar bruin oë het soos vuur gelyk.

"Wie en wat is jy om jou mond oop te maak? Wie het jou gevra om enige iets te sê, jou klein nikswerd Israelitiese gemors. Sorg dat die tent gevee word, nou!" gil sy en ek onthou dat ek my ore toegedruk het.

Ek het dadelik my kop laat sak en begin bid toe ek voor haar voete neerval. Gister was sy nog goed vir my, 'n appel op my slaapmat gaan neersit. Maar ek weet hoekom sy vandag kwaai is, ek het gehoor hoe my heer haar gisteraand 'n slegte vrou noem, gesê sy melaatsheid is haar skuld, want sy loop haar lyf en verkoop. Ek voel jammer vir haar.

My heer het by die tent ingestorm met 'n stok in sy hand. Ek het ineengekrimp, gedink hierdie dag van vandag is dit beslis my einde! Ek het te ver gegaan. Het ek U, my God, dan nie reg gehoor nie?

My meesteres, self beangs, het hom met 'n bewerige stem alles vertel wat ek gesê het en wonder bo wonder het hy dadelik by die tent uitgeloop sonder om 'n woord te sê. Ek het gehoor hoe hy skree dat iemand vir hom 'n perd moet bring.

My heer is met 'n brief na koning Aram toe. Hy weer, het 'n brief aan die koning van Israel geskryf en gevra dat Naäman gehelp en genees word van sy siekte. Die koning van Israel was baie ontsteld omdat hy gedink het hul soek 'n geleentheid om hom om die lewe te bring. Hy is nie God nie, hy kan nie mense genees nie.

Oom Elisa het hiervan te hore gekom en 'n boodskapper gestuur en gesê hy wat Naäman is, moet homself sewe maal in die Jordaan gaan was. Almal moet weet dat daar 'n profeet van God in Israel is.

My heer het eers baie daarteen geskop. "Hoekom spesifiek die Jordaan" het hy gevra. "Daar is tog baie beter riviere om na te gaan?" Na die sewende keer in die modderige water is Naäman genees! Uit genade en deur geloof. 'n Wonderwerk wat in die anale opgeskryf staan.

Ek is steeds in hul diens en word vandag as een van die familie aanvaar en op die hande gedra. Ek word vir my dienste betaal en toegelaat om gereeld by Mamma te kuier. Ek lees daagliks vir hul uit beskikbare geskrifte en boekrolle oor ons God en vertel graag verhale soos Mamma altyd gedoen het. Al was ek baie jonk, het ek so geleer om gehoorsaam te wees.

Ek het baie kere gesê: "Kom ek vertel jul nog 'n geheim. Terwyl julle asemhaal, kan jul God nog dien. Nege, negentien of negentig jaar oud ... dit is nooit te laat nie. Die regverdiges sal sterk wees soos palmbome, soos hoë seders op die Libanon. Hulle vind hulle krag in die huis van die Here en groei op in die tempel van ons God. Selfs in hulle ouderdom sal hulle nog toeneem in krag. Hulle sal fris en lewenskragtig wees. So sal blyk dat die Here regverdig is, dat daar by Hom geen onreg is nie. Hy is my rots." – Psalm 92:13-16

Tevrede in Sy diens.

Fiksie geïnspireer deur 2 Konings 1-5

Die klank van stilte

Baby en haar man David het my laat op 'n reënerige Maandagaand, by haar huis in Kgotsong ingesmokkel; agter op David se bakkie onder 'n swart seiltjie. Geen foon en geen geld nie. Saam met my in 'n swart sak, 'n paar stukkies klere en 'n klein opgerolde vleeskombersie; in die ander sak, my kos vir die week. Herbalife melkskommel, boks melk, oats, koekmeel, margarien en 'n paar piesangs. Ek gaan panbrood op die stoof maak saam met 'n koppietjie sop en gesonde piesangmelkskommels drink vir aandete. Baby sê sy het 'n mikrogolfoond, ek moenie honger gaan slaap nie, daar is genoeg oorskietkos in die vrieskas.

Ons het besluit om 'n ruilvakansie te doen wat ons in staat stel om by mekaar se plekke vakansie te hou ... "under cover" natuurlik. Ek wil voel hoe dit voel om swaar te kry, waarom daar so gekla word. En ek wil weet hoekom so baie mense dan tog dorp toe trek. Dit is mos baie goedkoper hier? Baby gaan dus vir die week in my huis bly. Dis haar "five star holiday" sê sy.

David stop naby die agterdeur sodat ek nie te veel modder in die huis trap en sodat niemand my sien nie. Met die seiltjie steeds oor my kop getrek help die twee oues my die huisie in.

"Ek bring Me se anner goed nou," sê hy half nors en verdwyn weer by die agterdeur uit. Buite blaf en tjank honde in verskillende toonhoogtes. Kinders gil, skree en baljaar soos by 'n kerkbasaar. 'n Vrou, klink dit vir my, skree: "get out of the rain" gevolg deur 'n paar woorde in 'n vreemde taal.

Ek staar vir 'n oomblik verbaas na al die blink in Baby se kombuis. Sy glimlag trots. Nie net blinkskoon en netjies nie, maar die skerp en helder blink van die sink in die elektriese lig.

David is terug en sit die handjie vol bagasie langs my op die vloer neer.

"Ek loop nou, Me, en ek sal nie praat nie, dis soos myse woord sê, maar Me moet weet, ek "like" nie wat Me en Baby doen nie!"

Baby se "ag David, tsamaya" laat hom sy woorde sluk.

"Dankie, David, en jy moenie bekommerd wees nie. Ek vat volle verantwoordelikheid hiervoor."

Baby loop saam met my deur haar huis en sê ek moenie te veel krag gebruik nie, dis duur. Daar is genoeg paraffien vir die lamp en dit sal ook minder aandag trek. Ek skud ewe gedwee my kop. Geweet dit is die allerlaaste ding wat Baby sal doen. Voete in die lug voor die televisie, die hele dag lank, is een van haar voornemens.

David draai om, vat die klein kort en mollige Baby aan die hand en maak die deur agter hom toe sonder om 'n woord verder te sê. Baby waai met haar hand en trippel agter haar man aan. Ek hoor hom op iemand gil en toe net die gerammel van sy bakkie wat wegry.

Steeds in 'n dwaal steek ek die lamp op en skakel die lig teen die geriffelde sinkmuur af. Ek hou nogal van die sinkplate. Het die bed in my spaarkamer se kopstuk daarvan gemaak en dit lyk baie aards. Kry baie komplimente oor die kunssinnige idee van my.

Die kombuis is klein met 'n huislike atmosfeer. Tafel met twee plastiekstoele in die middel van die vertrek. Op die tafel herken ek die potjie met pers lapblomme wat ek lank terug al uitgegooi het, en een van Ma se ou gehekelde lappies daaronder oopgegooi. Wit staalkaste reg rondom die sinkmuur met die mikrogolfoond binne-in een van die rakke waarvan die deur afgehaal is, gemonteer. Baby is baie trots op die elektriese wonder wat David met sy pensioengeld vir haar gekoop het. Bokant die stoof langs die deur hang 'n stel staal eetgerei met wit handvatsels. Langs die stoof is die wasbak waarvan die koperkraan hoër is as standaardhoogte. Aan die bokant van die kraan 'n houtkruis waarop daar staan: *He is the King of kings.*

Ek stap met die lamp deur die huis en glimlag. Baby is 'n deeglike werker. Doen alles en enige iets sonder dat ek die heeldag agter haar moet aanloop. Ek kan dit in haar plekkie ook sien. Twee kamers en 'n badkamer. Ek sit my goed in die kamer neer, die een met die enkelbedmatras op die vloer. Die kombers wat sy verlede jaar vir haar verjaardag gekry het, netjies opgevou by die voetenent en 'n pienk handdoek bo-op soos in 'n elite gastehuis. In die badkamer staan twee twintigliterkanne met water wat vir die toilet en wasbak gebruik moet word. David maak elke tweede dag die kanne weer vol wanneer hy Baby oplaai. Die kombuis het gelukkig lopende water. Ek moet onthou om nie te veel vloeistof in te neem nie ...

Buite reën dit steeds, maar dit klink of die meeste mense nou tot rus gekom het. Hier en daar hoor jy 'n kind wat huil en 'n pa of ma wat hard praat. Die honde tjank-blaf egter steeds asof hul smeek vir skuiling en hitte?

Ek pak my kosvoorraad op die tafel uit, haal my klere uit die swart sak en stapel dit op die mooi oorgetrekte kartondoos langs my bed; gooi water in die waskom om darem net my gesig en hande te was. Laaste borsel ek my tande en klim pens en pootjies op die matras, klere en al.

Ek skryf vinnig 'n paar notas in my dagboek neer, my eerste indrukke met aankoms oor die "ruilvakansie" en blaas die lamp dood. Ek gaan my foon mis wanneer die slaap my ontwyk, maar maak 'n positiewe kopskuif daaroor. Bid as jy nie kan slaap nie!

My slaapritme, vir jare al versteur en wat nie maklik herstel kan word nie, verras my totaal en al in die eerste helfte van die nag. Ek slaap soos 'n klip, ongeag die vreemde bed, geluide en die reuk van rook wat dreig om my bors toe te trek.

Ek skrik wakker. Yskoud, verward en oorhoeks spring ek orent toe dit klink asof die huisie met klippe bestook word, of is dit geweerskote? My gedagtes verraai ongetwyfeld my vrees. Ek het geen benul van hoe laat dit is nie en hoe en waar ek moet skuiling soek nie. Ek rol van die matras af en kruip handeviervoet na die aangrensende kamer. In my gedagtes sien ek bloed, proe dit ook ...

Die geharwar en geskarrel van mense buite die huis laat my angstig, maar doelgerig na die venster kruip; ek loer versigtig, sonder om die gordyne te beweeg, deur die venster.

"Sapere aude!" Die leuse van verligting, het Pa altyd gesê. Amper, maar nie heeltemal dieselfde verligting wat deur my spoel toe ek sien dat die wêreld buite in spierwit getooi is nie. Dit hael! Die hael teen die sinkgebou wat so pas my hart in 'n chaotiese en onreëlmatige ritme laat gallop het. Ek moes uit angs ook my lip raakgebyt het; vee my mond sommer met die agterkant van my hand af.

Buite hardloop vroue en kinders rond om groot plastiekskottels en wit "Star" mieliemeelsakke oor die groente te sit wat in ou trekker buitebande geplant is. Die honde word ingelaat en sal genadiglik nou ook ophou blaf. En ek? Ek kruip toe maar terug na my bed toe en klim onder Baby se spiksplinternuwe kombers in. Ek sou graag buite wou gaan help, maar ek weet David sal my nooit vergewe nie. Hulle gaan hom doodmaak, sê hy, as hulle weet ek is hier. En Pa sal sê dis my selfopgelegde onmondigheid wat maak dat ek nou hier sit, die onvermoë om my verstand sonder begeleiding te gebruik, want, het hy my dan nie gewaarsku nie?

Die tweede helfte van die nag het ek baie min, nee, feitlik niks geslaap nie, toe die eerste oggendgeluide my weer laat regop sit. Nie die vrolike getjirp-tjirp van die voëls nie. Nee, gillende, jillende, huilende en laggende kinders en hoenders, 'n gekef-kef en geblaf van alle rassoorte honde onder die son. Voertuie wat se battery afgeloop is en sukkel om aangeskakel te word. Taxibestuurders wat op hulle toeters lê en boonop vloek en skel oor die tyd. Êrens anders sing iemand "glory, glory halleluja" saam met 'n gospel sanger. Ek het vergeet ek kan net in doodse stilte slaap. Hoe gaan ek hierdie vir 'n week lank volhou? 'n Tekort aan slaap het 'n skrikwekkende negatiewe effek op my brein, waarvan die onvermoë om te konsentreer en aangetaste geheue maar enkele voorbeelde is. En ek is hier om my nuwe storie te begin skryf - oor hoe om mense te help verstaan waarom ons in soveel opsigte van mekaar verskil en hoe gemaak om mekaar te verdra.

Dit begin weer reën. Sag, deurdringend en vir 'n oomblik is dit doodstil buite. Maar net vir 'n oomblik. Ek staan op, skakel die ketel aan en krap tussen my voorrade vir koffie.

Later skottelbad ek en trek dieselfde bo-klere aan as gister. Gaan sit toe weer op my matras en trek my boek en pen nader. Die gedreun om die huis het later afgeneem. Kinders heel waarskynlik skool toe en die ouers na hul onderskeie werksplekke. Maar nooit vir een minuut net stilte nie.

Ek is nou nie juis een van die vrouens wat moeite doen om oefening in te kry nie, maar ek sou graag 'n bietjie vars lug wou gaan skep, of 'n venster oopmaak. Natuurlik is dit buite die kwessie!

Ek sal nou ernstig die pen moet opneem.

Daar was deur die loop van die oggend 'n klop aan die deur en later ook aan die kombuisvenster. Iemand wat na Baby geroep het. Gelukkig was alles op knip en het ek my stil soos 'n muis gedra tot ongeveer die tyd dat almal huis toe kom. Dit is dan ook elke dag se storie ...

Dit het die vierde dag van my vakansie weer begin reën. Harder die keer, en ek moes 'n bak onder 'n lek in die kombuis gaan neersit en my matras na die ander kamer skuif toe dit daar ook begin drup-drup het. Ek het besluit: met die wins van hierdie boek kry Baby 'n nuwe dak oor haar kop. Een met 'n plafon.

Die geluid van 'n ambulans sirene het my in die vroeë oggendure wakkergemaak. Reg langs die Mofokengs het 'n vrou in kraam gegaan. Sy het behoorlik moord geskree en kon vir seker kilometers vêr gehoor word Ek het die volgende oggend aangeneem dat alles goed afgeloop het toe ek die "lie, lie, lie" gesang hoor en ongesiens kon loer hoe hulle die man, heel moontlik die pa, geluk wens. 'n Vrou het aanmekaar na Baby kom roep en in Engels-

Afrikaans geskree: "Kom kyk die babies, Baby. Hulle is twee!"

David het net voor tienuur Vrydagaand opgedaag. Ek het eers geskrik, want die polisie het kort op sy hakke gestop. Gelukkig was hulle hier oor die bakleiery 'n paar huise verder aan die oorkant van die pad. Dit het sommer die aandag van my terugkeer huis toe ook verbloem; agter op die bakkie, onder die seiltjie.

Baby het oopmond van oor tot gelag toe sy my sien.

"Lékkerrr, lekkerrr in jou huis gebly en al jou kos opgeëet. En ek kom weer ..." terg sy en ek lag saam met haar toe sy my met 'n drukkie ook beloon.

My eie klein huisie en leklose dakkie is vir my genoeg. Ek is veral dankbaar vir die stilte. My boek wel ver van klaar af, maar vir eers gaan ek probeer om verlore slaap in te haal.

Ek is nie spyt oor my kuier in Kgotsong nie. Behalwe vir die geraas en dat ek ingehok was, sal ek, onder druk, in dieselfde omstandighede bly, met oorfone natuurlik. Klein is reg, sinkplaatdak én my matras op die grond is reg en goed genoeg. Ek was skoon, warm, my maag was vol. Ook het ek veilig genoeg gevoel. Inaggenome my ingehokte omstandighede natuurlik. Nie almal is so gelukkig soos David en Baby om hul eie plekkie te hê nie, maar oor die algemeen hoop ek, is die meeste mense dankbaar vir wat hulle het. Diegene wat wel dorp toe trek, doen dit vir seker om dieselfde rede as ek ... "The sound of silence".

Die muur

In elke mens se lewe kom daar 'n kantelpunt. Dit is wanneer jy die keuse maak tussen dié kant van die muur – vasgevang in die sonde en bestem vir die dood; of die anderkant van die muur – bevry, gered en in die beloofde land!

Ek sit die deur op grendel toe die laaste kliënt vertrek en stap stadig na die tafel in die middel van die vertrek wat as my ontvangslokaal dien. Ek vat die skerpgemaakte els en krap nog 'n strepie op die hout, onder die fyn geweefde lappie, uit. Ek weet nie hoekom ek dit doen dit nie, want ek wil nie weet hoeveel mans al hier geslaap het nie! Ek wil nie weet waar my sondeskuld lê nie. Ek raak dadelik ontslae van my satyn japon en hang dit agter die gordyn in die hoek van een van die twee vertrekke wat in die muur, wat die stad omring, ingebou en vir jare nou al my veilige hawe en 'werksplek' is. My twee rooi skoene sit ek netjies langs mekaar teen die muur. By die waskom maak ek my swart hare bo-op my kop vas. Ek begin my skrop soos ek elke dag doen ... totdat my vel rooi, seer en teer is. Daarna blaas ek die olielamp dood en gaan moeg op my slaapmat lê, sommer so in my evasgewaad en trek die wolkombers oor my seer sensitiewe lyf tot onder my ken. Soos elke ander nag, huil ek myself aan die slaap.

Ek skrik ongeveer twee-uur in die oggend wakker, met skuldgevoelens wat knaag aan my siel, dit los my nie uit nie! Ek moet die keuse maak maar ek het die geld so broodnodig. My familie het mý nodig om te oorleef...

Ek staan weer op, vou die kombers om my lyf en gaan voor die enigste venster staan. Die maan skyn helder en ek kan vêr sien, tot daar waar die Israeliete oorkant die Jordaan kamp opgeslaan het. Almal weet hulle is hier om Kanaän binne te val. Hul weet egter nie waar en hoe om te begin nie, daarom die stile ... dink ek. Jerigo is in hulle pad. Hulle moet eers hier deur. Die gewag en onsekerheid maak 'n mens mal. Wat sou hulle plan wees?

Ek het al telkemale gehóór hoe God sy volk uit Egipte bevry en op die slagveld gered het. Die eerste geslag Israeliete het dit self gesien en beleef. Hulle was glo veertig jaar in die woestyn en die hele geslag wat uit Egipte gekom het, het uitgesterf, behalwe Josua en Kaleb. Daar word vertel dat Josua die leierskap oorgeneem het nadat Moses gesterf het, en nou het die Here hulle weer teruggebring hierheen... Kanaän toe... om die land in te neem. Die land van melk en heuning...

Die soldate wat hier aandoen vertel dat op die pad terug Kanaän toe, het konings Sihon en Og van die Amoriete geweier dat die Israeliete deur hulle land trek en die Here het hulle toe in die hand van die Israeliete oorgegee om hulle te verslaan. En nou is Jerigo in hulle pad. Ek weet hulle sal ook hier kan deur kom. Hulle God sal daarvoor sorg.

Ek kan nogtans nie anders as om te twyfel of hulle hierdie keer welslae sal behaal nie. Wat van die meer as 26 voet breë sloot wat 8 voet diep rondom die stad gegrawe is? Indien hulle wel kan deurkom, is die muur nog daar. Dié muur... 16 voet (5.1 meter) hoog en 5 voet (1.7 meter) dik! Daar is ook nog die soldate wat bo-op die muur waghou om mee rekening te hou. Ek weet darem nie...

Ek draai om en klim traag terug in my bed. Die angstige gevoel hou my nog lank wakker, maar ek het ook die gevoel dat ek tog veilig sal wees. Om myself so te bekommer sal my net siek en swak maak. Ek smag na 'n beter lewe. Die land is vol geweld en verdorwenheid, insluitende bloedskande en bestialiteit. Die feit dat hierdie euwels so algemeen is in die land, is grootliks te wyte aan godsdiens. Die tempels het rituele prostitusie bevorder waaroor ek baie skaam is, en die aanbidding van demoniese gode soos Baäl en Molog sluit in dat kinders lewend in offervure verbrand word. Is ek dan nie al self deur die pyn nie?

Die dringende geklop aan my deur laat my traag opstaan. Dit voel of ek niks geslaap het nie en my oë nie wil oopgaan nie.

Dit is niks ongewoons dat vreemde manne voor my deur staan nie, maar hierdie twee vra net vir verblyf – wil nie van my dienste gebruik maak nie. Ek sug van verligting en maak dadelik my eie gevolgtrekking ... spioene uit die kamp van Israel! Hulle het ongetwyfeld doelbewus my huis gekies. Hulle dink natuurlik dit is juis hier, by die huis van 'n prostituut, waar vreemdelinge nie aandag sal trek nie en hoop dat hulle nuttige inligting sal kry uit gesprekke wat hulle in die verbygaan hoor.

Hulle slaap die hele dag lank en teen sononder vertel hulle aan my die rede vir hul besoek. Hierdie is die geleentheid vir my. Ek moet nou kies ...

Voetstappe en die gehamer aan die deur laat my aan die bewe gaan. Ek besef ek het nie veel tyd om te dink nie en sal vinnig moet optree. Die boodskappers het die spioene se spoor gevat.

"Gou, kruip weg; tussen die vlasstingels op die dak!" My hart klop in my keel en dit voel of my bene onder my wil padgee. My mond is nou kurkdroog van angs en my tande klap opmekaar. Is dit die einde?

"Ek kom!" roep ek vreesbevange en die geluid wat by my mond uitkom klink hees en onhoorbaar sag.

'n Kalmte wat ek nie kan beskryf nie neem van my besit die oomblik toe ek die deur oopmaak.

"Ja, die manne het na my toe gekom, en ek het nie geweet van waar hulle was nie. En toe die poort teen donker toegemaak moes word, het die manne uitgegaan. Ek weet glad nie waarheen hulle gegaan het nie. Sit hulle gou agterna, want julle sal hulle inhaal."

Die tyd is hier en nou ... vandag moet ek my mond oopmaak en ek moet praat...

"Ek weet dat die Here vir julle die land gaan gee. Ons is lam van die skrik. Almal van ons wat in die land woon, is bang vir julle. Ons het gehoor hoe die Here die water van die Rietsee voor julle laat wegdroog het toe julle uit Egipte getrek het. Ook wat julle met die konings van die Amoriete, aan die oorkant van die Jordaan gedoen het en hoe julle hulle uitgewis het. Ons het dit alles gehoor. Ons harte het ineengekrimp. Niemand van ons het meer moed oor om teen julle te veg nie. Die Here julle God is God in die hemel daarbo en op die aarde hieronder. Ek was goed vir julle. Sweer dan nou vir my voor die Here dat julle ook goed sal wees vir my familie. Gee vir my die versekering dat julle my pa en my ma, my broers en susters en hulle families se lewens sal spaar wanneer julle Jerigo aanval, en gee my 'n betroubare teken." Uitasem en openlik senuweeagtig wag ek vir 'n antwoord

"Ons lewens is jou en jou familie se versekering. As julle nie ons saak weggee nie, sal ons ons belofte hou wanneer die Here die land vir ons gee."

Ek hardloop dak toe om die tou te gaan haal. Die mans sal nou deur die venster moet uit. Die rooi gevlegte tou, soos ek beveel is, wat ek ook moet laat afsak wanneer my familie almal hier bymekaar is ... Ek sal in weerwil van die gevaar op pad, nou my geloof moet uitleef, want die koning en sy manne sal nou op my spoor bly. Ek weet ek verdien eintlik die dood, want behalwe prostitusie, haat ek ook my lewe en die mans wat my net gebruik; maak ek elke dag vyande, want geen vrou wil my ken of saam met my gesien word nie; wat nog te sê vriende wees. Hoe kan daar vir my ook vergifnis wees? Is dit regtig moontlik?

Toe het die lang dae aangebreek waartydens Israel om Jerigo getrek het – ses dae, een keer elke dag. Wat het die Israeliete in die mou gevoer?

Ek het by my venster uitgekyk toe die eerste môrelig oor die vlakte om Jerigo stroom, seker gemaak die tou hang nog aan die venster. Buite die stad was die invallende leër – die krygsmag van Israel. Toe hulle dié oggend weer om die stad begin trek, het die stof agter hulle opgeslaan en het horinggeskal weer die lug gevul.

Uiteindelik, nadat hulle die sewende keer op hierdie sewende dag om die stad getrek het, het die leër tot stilstand gekom. Die horinggeskal het opgehou. Dit was doodstil. Die spanning in die stad het breekpunt bereik. Toe, nadat Josua die bevel gegee het, het die leër van Israel hulle stemme vir die eerste keer verhef en hard geskreeu. Het die wagte op die muur van Jerigo gedink dat dit 'n vreemde soort aanval is, hierdie blote geskreeu? Indien wel, het hulle nie lank so gedink nie.

Die yslike muur het onder hulle voete begin bewe. Dit het geskud, gekraak en toe inmekaar gestort! Ons almal het in die vertrek die verste van die stad af gaan sit. Hande gevat, ons oë toe en gebid. God geprys vir die onverdiende genade, en nadat die stof gaan lê het, het 'n deel van die muur nog gestaan. My huis het bly staan! Alles wat in die stad was is deur die skerpte van die swaard met die banvloek getref, mans en vrouens, oud en jonk, tot die beeste, skape en esels. Prys die Here! Hulle het my en my familie uitgebring en ons buitekant die laer van Israel laat bly.

As dit nie 'n duidelike bewys van my geloof is nie ... want ek het gekies, dié kant van die muur, bevry en gered.

Ek is met Salmon die Israeliet, een van die verkenners wat ek weggesteek het, getroud en daar is vir ons 'n seun, by name Boas, uit die huwelik gebore. Ook uit hierdie stam is Jesus die seun van God gebore.

Ek het vergifnis ontvang en dit myne gemaak. Ek dien nou 'n God van liefde en ek eer Hom as my Vader. Ek leef 'n vol en dankbare lewe.

Is jy op 'n goeie plek in die bestaan van jou lewe? Maak jy 'n verskil? Ken Hom in al jou weë en Hy sal jou paaie gelyk maak.

Geïnspireer deur: Josua 2:6

Die pyn van die rook en drankverbod

"Ek is nou so dors jy kan 'n kaktus op my tong plant," sê ek vir wie ook al wil luister en plof op die rusbank neer. Hierdie gesoek na iemand wat jou sal jammer kry en aan jou die verlangde proviand verkoop, put 'n mens totaal uit!

"Ai Saar, nee man, hier's kinders!" keer Ouma asof ek 'n vreeslike vloekwoord geuiter het. Ek draai my kop 90 grade links sodat sy nie die irritasie en misnoeë in my broeiende oë sien nie. Niemand het simpatie met my penarie nie.

Dan kap ek terug, in staccato ter wille van effek: "Ja, Ouma, drank los nie probleme op nie, maar so ook nie melk of water nie." Ek tel my sak op om kamer toe te verkas voordat Ouma dalk nog 'n stuiwer in die armbeurs gooi. Ek wens regtig iemand wil vir haar 'n permit reël ... Huis toe! Haar gepreek sal selfs 'n priester na drank dryf.

Ma speel vrederegter en herinner Ouma dat die virus-gemors almal se lewens omvergooi. Ek kry 'n oorvol van: "Ouma se jare gee haar die reg om haar twak op haar eie manier te kerwe." Ek wonder vlugtig hoe minister Nkosazana Dlamini-Zuma onwettige twakkerwers gaan aankeer.

Trompie, die familie se sogenaamde "sexyste" vyftienjarige spiertier én skinderbek, voel blykbaar sy stuiwertjie kan ook ’n verskil maak. “Het Ouma gehoor wat sê Saar van Ouma?”

“Trompie!” waarsku Ma en ek hoor die spanning in haar stem. Uit ondervinding weet ek hier kom moeilikheid, groot moeilikheid!

“Sê maar, my kind, Ouma kan sien jy brand om te vertel”.

“Trompie, vat jý liewer die vullissakke hek toe! Hoeveel keer moet ek jou nóg vra?” raas Ma met ’n skril stem. Ek sien hoe die sweetpêreltjies op haar bolip uitslaan. Sy vat Ouma aan haar arm en sê sy ruik die pap brand.

Skaars by die agterdeur uit, bedink Trompie hom. (Die armes kort nog ’n geldjie ...) Hy hang oor die onderdeur en trompetter dit uit: “Sy sê ons moet vir Ouma sop met ’n vurk gee, dan sal Ouma self huis toe gaan.” Ek hoor hoe verlekker hy hom in sy ruim bydrae, maar is reeds halfpad in die gang af. My kamerdeur ontgeld dit en ek val op my bed neer. “Flippit, Trompie! Ek gaan jou strot afdruk!”

Dit was net na middernag, die huis grafstil, toe die honger my kombuis toe jaag. Aan die onderkant van die gang sien ek Ouma se kamerlig brand. Ek huiwer ... maar beweeg dan geruisloos, dog doelgerig, nader. Dis niks lekker as Ouma vir my kwaad is nie; sy laat my altyd glo sy is aan my kant – soms met so ’n ondeunde vonkel in haar oë. En bóónop is sy my “undercover” finansiële ondersteuner!

O my donner! Is dit rook wat onder Ouma se kamerdeur uitborrel? Ek voel paniek, so dik soos Ma se groentesop, in my keel opstoot, maar slaag daarin om die deur saggies oop te druk.

"Ouma?" fluister ek benoud. Ek hoes verstikkend en my oë water om op die prentjie ágter die rookwolk te fokus. "Wat de hel! Ouma?"

"Saar, jou taal!"

Die scenario ontvou voor my asof in 'n ander dimensie: in Ouma se een hand 'n glas, in die ander 'n pyp. My mond val onwillekeurig oop. Ouma sit wragtig 'n "vape" pyp en rook, en as dit nie drank in daai glas is nie, is my naam nie Susara nie!

Toe Ma die volgende oggend aankondig tannie Ronel het 'n permit gekry om vir Ouma te kom haal, wil ek naar word. Dit hou egter geen verband met die te-diep-in-die-bottel-gekyk, van die vroeë oggendure nie. Hoe gaan ek sonder my straatslim ouma en haar bedenklike kontakte, voortgaan? Ouma het my oortuig om liewer die sigarette vir 'n "vape" te verruil, want "watter man wil nou eendag langs 'n skoorsteen slaap?"

Pous Johannes XXIII het gesê: "Die mens is soos wyn, sommige verander in asyn, maar die beste verbeter met die verloop van jare." Ouma het gewis ontwikkel in 'n sewejaar oue Kanonkop Black Label Pinotage. Sy kerwe haar twak op haar eie manier – ek kan maar net hoop op dieselfde gene.

Dalk kan ek haar arm draai vir 'n dag of drie se grasie, sodat sy my behoorlik kan inlyf in die fynere kunsies van pyprook ... en die dralende smaak op die tong van tante Rose se “to die for” pynappelmampoer.

Dorkas

Die son is besig om die linne op my bed te verguld en ek hoor die gekwetter van voëls in die klim-op-plant buite die venster toe ek wakker word. Hier is egter geen ooreenstemmende sonskyn in my siel nie en geen antwoordende gekwetter in my hart toe ek regop in die bed sit nie. Ek is net só moeg ... Ek dink vir 'n oomblik daaraan om maar vandag in die bed te bly, maar staan toe op, trek my warm aan en kry koers, soos ek elke dag vir 'n jaar lank al doen, hawe toe.

Joppa is een van die oudste hawestede in Israel en die Middellandse See-gebied.

Dit is op 'n heuwel geleë by die kruispad van Israel en is ongeveer 45 myl wes van Jerusalem af. Daar word vertel dat die stigter van Joppa, Jafet was, een van Noag se seuns. Astraeus het my menigmaal hierheen gebring en vir my die geskiedenis vertel van ons voorouers, die Israeliete, die priesters en die profete en gebeure soos dit in die boekrolle van die opregtes opgeskryf staan. Dit is hier onder die ou olyfboom waar ek kom sit wanneer die verlange te groot en seer raak waar hy my ook die eerste keer van Jesus vertel het. Die Messias wie se leerstellings my ontroer het. Die moontlikheid dat iemand, selfs ek, vergewe kon word, bevry kon word van die mag van die sonde en sonder skuld kon leef, was vir my ongelooflik. Jesus het my ook op 'n radikale manier geleer om my naaste lief te hê – want dit was 'n liefde wat nie afhanklik was van sukses of aansien nie, maar slegs van die feit dat ’n persoon in nood; ’n persoon was wat ook liefde, sorg en medelye waardig was.

Astraeus was baie ouer as ek, maar ons het goed oor die weg gekom. Hy het mooi vir my gesorg en ek het baie by hom geleer. Hy het my Bokooitjie genoem wanneer daar nie mense naby was nie en hy my sommer net kon vashou. Ek het hom Oupatjie genoem. Ek glimlag by myself toe ek sy lawwigheid onthou. Hy het my egter vooruit gegaan en my alleen agter gelos. Daar is baie mooi herinneringe van ons saamwees. Baie gelag, saam gebid en soms ook saam gehuil. Ag, hoe mis ek hom nie, die reuk van stof aan sy klere, sy growwe hande met perfek geknipte naels, sy mooi glimlag en deurdringende groen oë ... “Ons het jou liggaam begrawe, Astraeus, maar ek weet jou siel is by waters waar daar rus is,” prewel ek sag asof hy my kan hoor ...

Ek staar oor die water na waar die son nou al hoog sit. Die einste hawe waar bome uit Libanon aangekom het wat nog deur Salomo gebruik is om die tempel in Jerusalem, omstreeks 950 jaar voor Christus, te bou. Christus ... Die Seun van God wat ons kom waarsku het dat Hy, ons Vader wat in die hemel is, alleen aanbid moet word. My hart huil steeds oor alles wat die laaste jaar hier gebeur het, maar Jesus het na die derde dag opgestaan om vir ons die tafel te gaan voorberei, by Vader ...

Joppa was ook die hawe waaruit Jona gevaar het toe hy probeer het om ongehoorsaam te wees aan die Here se roeping en na Tarsis gevlug het eerder as om 'n boodskap van bekering aan die Nineviete te gaan verkondig.

“Die son trek water,” prewel ek vir myself, en staan stram op ... Ek sal moet huiswaarts keer. Daar wag nog 'n hele paar rokke wat moet klaarkom voordat die weduwees dit kan kom haal. Ek is maar 'n doodgewone ou vrou, met 'n naaldwerk talent wat ek nou vanuit my geloofsoortuiging aanwend in diens van ons Vader. My roeping? Ek sien om na die armes en veral die weduwees, in Joppa – probeer ook om vir hulle 'n steunpilaar te wees, hulle wat moedeloos en hartseer is. Maar vandag is ek moeg en ek verlang na my maat, my lewe saam met Astraeus.

“Vader, gee my krag om aan te hou om saam met ander gelowiges vir U Naam te veg ... Om U Naam's ontwil alleen en tot in alle ewigheid ...” bid ek terwyl ek aanstap huis toe.

Ek is ook net betyds, want aan die oorkant kom Magdaleen en haar dogter Sara aangestap. Sara bak brood en verkoop dit aan die rykes om haar persoonlike voorrade aan te vul. Soos gewoonlik is daar vir my ook een. Ek wil nie die broodjie vat nie, maar sy dring daarop aan omdat ek ook aan haar 'n gratis diens lewer.

Soos die meeste Christene hier kan ons nie uitgepraat raak oor Jesus se kruisiging en opstanding nie. Soveel medegelowiges het al begin om ook die Woord te verkondig dat ons nie meer bang is om teen die heiden nasies op te staan nie.

Simon stap ook verby en groet vriendelik.

“Het julle dalk vir Petrus gesien?” vra hy. “Ek wil ’n paar veranderings in die boek Teofilus maak, maar twyfel nou skielik oor die datums.”

“Petrus is gister hier verby, Lidda toe. Hy het ’n visioen ontvang om die Evangelie na die heidene te bring,” antwoord ek en Simon slaan met sy hand teen sy bors.

“Natuurlik, hy hét gesê hy gaan vir ’n paar dae wegloop Lidda toe. Kan jy glo ek het sowaar daarvan vergeet!”

Ek lag en skud my kop, vra of hy nie saam met ons ’n sny warm brood en varsgemaalde koffie wil geniet nie. Ek sal graag meer wil hoor oor die uitstorting van die Heilige Gees en die wonders wat Johannes en Petrus in Jesus se Naam gedoen het voordat hul deur die Joodse Raad gevange geneem is.

Nog ’n paar weduwees het by ons aangesluit en saam met ons gekuier en ook gebid vir die verkondiging van die Woord.

Ek het tot baie laat gesit om my naaldwerk klaar te maak en op datum te bring, some ingesit en nate toegewerk, met tye gevoel of ek aan die slaap gaan raak.

Ek kon die volgende oggend nie opstaan nie. Ek het ’n geweldige pyn in my bors gekry ... die laaste wat ek kan onthou was die koppie tee wat ek gaan maak het en dat ek weer op my bed gaan sit het. Alles voor my het swart en donker geword, voordat ek nog kon bid vir genesing ...

Astraeus het my nadergeroep daar waar hy onder die Olyfboom gesit en wag het: “Kom nader, my bokooitjie, ek wil met jou praat ..." Ek was so bly om hom weer te sien en het in trane uitgebars. Ek het na hom toe gehardloop, maar hy het gekeer toe ek my arms om sy nek wou sit.

"Wag, luister Dorkas. Jou werk is nog nie klaar nie ..."

"Dorkas ... Oupatjie? Dis ek, jou bokooitjie. Ek het gisteraand klaargemaak, al die bo-rokke en baadjies, alles ..."

"Nee, jou werk vir die Koning van alle konings ... Baie mense moet nog tot bekering en geloof in die Here kom en jy gaan 'n aandeel daarin hê. Gaan huis toe en wag daar."

Ek wil opstaan, maar die weduwees staan dig rondom my bed, hulle huil hartstogtelik. Ek verstaan nie wat aangaan nie. Na 'n ruk trek hulle my klere uit, was my van kop tot tone en neem my na die bo-kamer. Ek keer en praat, maar hulle hoor my nie. Een van die vrouens sê dat iemand vir Petrus moet gaan roep, want ek het gesterf. "Roep die dissipels, kry iemand," roep sy na aan trane.

Ek sê: "Nee, ek leef en Petrus is Lidda toe," maar ek hoor dat hulle dit ook weet ... Hoe kan ek dood wees? Ek hoor en sien dan alles? Ek hoor Astraeus sê: "Jou werk is nie klaar nie ..."

Omdat Lidda naby Joppa was en die dissipels gehoor het dat Petrus daar was, het hulle twee manne na hom gestuur om hom te smeek dat hy sonder uitstel hierheen moet kom.

Hulle vertel dat Petrus dadelik opgestaan het en saam met hulle gekom het. En toe hy hier kom, bring hulle hom na die bo-vertrek; en al die weduwees kom by hom staan en ween en wys hom die onder- en boklere wat ek alles gemaak het toe ek nog by hulle was.

Petrus het almal summier buitentoe gestuur, neergekniel en begin bid. Na 'n ruk het hy hom na my liggaam gedraai en gesê: "Dorkas, staan op!"

Ek het my oë oopgemaak; en toe ek Petrus sien, het ek regop gesit. Hy gee my toe sy hand en laat my opstaan. Trane het oor my wange gestroom, maar ek het so goed gevoel, asof uit die hemel neergedaal met geen pyn. Daarop roep hy die heiliges en die weduwees en stel my lewendig aan hulle voor.

Ek kom tot die volgende slotsom: wanneer jy sterf gaan jou liggaam graf toe, maar as jy 'n wedergebore kind van God is, gaan jou siel hemel toe totdat Jesus weer kom. Dit is waar ek Astraeus gesien het en waar ek hom weer eendag gaan sien, net nie vandag nie. Ek het werk om te doen. Woordeloos ... ongelooflik ... onbeskryflik ... my hart behoort aan Hom.

Dit het bekend geword, net soos Astraeus gesê het, in die hele Joppa ... baie het tot bekering gekom en in die Here geglo.

Petrus het 'n geruime tyd nog in Joppa by Simon, die leerlooier wat saam met ons vars brood en druiwekonfyt geëet het, gebly. En ek? Ek het klere gemaak totdat ek nie meer kon sien nie. En toe, op een mooiste sonsondergang, het my siel ook oorgeloop ... na die ewige lewe toe, na Astraeus toe.

Geïnspireer deur Handelinge 9:36-43

Gebreekte glas

Wit kalkstrepe loop teen klein ruitjies af. Een gekraak en lyk soos 'n ster. Ek sit in my dogter se vrolik en warm gemeubileerde huisie en wag dat die tyd verby moet gaan. Die droë kalkstrepe getuig van brak water, natuurlik. Nie mooi om na te kyk as vuil strepe nie, maar wanneer die son juis daar op 'n yskoue oggend jou hart kom warm maak, is dit 'n anderse mooi, en dis goed!

'n Swetterjoel rooibekvinkies sing vrolik in die groot eikeboom wat aan die suidekant van die huis staan en nou al amper toegegroei is deur 'n uitheemse indringer rankplant. Die vinkies is hard besig met nesbou terwyl die wyfies (hoe dan anders) sit en toesig hou. Die geraas is vir seker wanneer die slordige nessies uitmekaar gepluk word. Ai, ons wyfiegeslag kan moeilik wees, en hulle kry natuurlik glad nie koud nie.

Ek sug en wens die stemme in my kop kom met agtergrondmusiek, soos in die flieks. Klassiek vir engelklanke en onheilspellende vioolspel vir moeilikheid. Ek bid en vra nou al vir jare: "Vader, wat nou?" Ek dink die moeilikheid in die vorm van depressie, wil my nou kom vat, want daar is nie 'n teken of 'n geluid van engele nie. Vandag is die enigste musiek die wind wat onheilspellend om die hoeke van die huis, en deur die reuse, immergroen moeras-sipresse waai. Die sink *WELKOM* bordjie wat aan die voordeur hang, kap toonloos heen en weer.

Verveeld met myself tel ek die ruitjies van die groot venster. Twee en sewentig van hulle. Net een is gekraak, net een ... Die boonste drie rye is blinkskoon sonder 'n kalkstreep. Die spreier sal geskuif moet word. Maak ek my probleem groter as wat dit regtig is? Niemand se lewe is tog een honderd persent skoon en sonder krake nie.

"Klim oor hierdie hekkie en beweeg aan!" raas ek hardop met myself ... maar ek luister nooit na myself nie. Ek weet nie hoe om myself te oortuig dat ek niks, of dan iets, makeer nie.

Almal weet tog dat depressie 'n siekte is wat jou hele liggaam, gemoedstoestand en denke aantas. Dit affekteer jou eet- en slaappatrone, die manier hoe jy oor jouself voel, asook die manier hoe jy oor die wêreld dink. Ek is so moeg om wakker te lê. En ek is moeg om 'n pil daarvoor te sluk.

My depressie (wat ek glo nie depressie is nie) is nie dieselfde as die gewone alledaagse "blues" of hartseer wat ek partykeer voel nie, dit is nie 'n teken van swakheid nie, en dit kan nie weggewens word nie.

Mense met depressie kan blykbaar nie net "hulself regruk" en beter word nie, maar ek wil, en sonder behandeling, asseblief Here? Ek wil net by U wees, U behandeling is vir my genoeg. En ek bid, maar die alledaagse lewe sluk my so in dat ek weet ek iewers iets mis. Is dit net 'n leë roetine, Here? Sit ons, ek, U in 'n boksie en maak die (vals) sekerheid my gebed dood? Is dit hoekom U my nie hoor nie, Here? Hierdie simptome hou nou al vir weke so aan... of is dit al maande? Geleerdes sê dit kan selfs jare aanhou.

Ek glo dat ek eintlik 'n suurstofdief is. Ek gee geld uit wat ek nie verdien het nie. Ek raak maklik kwaad, gekwes deur liefmense wat dit goed bedoel. Ek soek en soek ... na 'n doelgerigte lewe. Dit is goed, sê hulle, om terug te kyk sodat jy kan sien hoe ver jy al gekom het, maar dit voel of ek stilstaan ... Ek sien Vader se Hand wat my op die regte pad gelei en gekry en hier probeer hou het, en ek besef dat elke goed en seer en diep en leegvoel my presies die mens gemaak het wat ek vandag is. Die Groter Plan?

Ons enigste werk is om dapper genoeg te bly om na die stem van die Heilige Gees in jou hart te bly luister. Totdat jy wel saakmaak. En sodat jy altyd jou lig oor die perfekte pad wat jy gemaak is om te loop, sal kan skyn. As dit maar so maklik was!

Die vinkies is skielik doodstil en ek hoor die hondekinders opgewonde blaf. Iemand is tuis ... Ek staan traag op en gaan pak die laaste klere in my tas. Tyd om te groet. Alleen is ook goed om jou gedagtes weer in 'n ander rigting te stuur ... Ek sal iemand gaan sien, Here, maar net as U saamgaan. Ek gee my resloos oor aan U.

Geleende lewe ... In stilte

Vader het my hart, gebede en versugtinge gehoor en die Heilige Gees het jou gaan wakkermaak. Skugter, skaam, teruggetrokke, na binne gekeer, hoogsensitief, reflektief, gereserveerd, selfbehep, smartvraat of sommer net 'n introvert? Ek weet nie watter diagnose om te maak nie. Dalk so 'n ietsie van alles? Maar jy was besig om dood te bloei en ek kon nie langer stilbly nie. Niemand, niemand is dit werd dat daar so lank getreur word nie.

Ek het jou lankal gelees, vir jare al, dit wat jy nie sê nie. Ek wou menigmaal iets onverantwoordelik doen soos om 'n boodskap by jou uit te kry, dat jou oë kan oopgaan. Soveel talent en jy sit en "sulk" oor iemand wat dalk bly is jy is weg. Iemand wat lankal na ander (nie noodwendig groener) weivelde gaan soek het. Ek wou vir jou skree: Ruk jou reg. Dinge gebeur, ons maak partykeer verkeerde keuses en betaal duur daarvoor, maar regtig, genoeg is genoeg ... Trek jou sokkies op, kam jou hare en beweeg aan.

Ons verwar partykeer selfliefde met selfsugtigheid. Selfliefde beteken nie selfgesentreerdheid nie. Selfliefde is die basis van gesonde verhoudings. Hoe jy jouself respekteer, en vir jouself omgee, het 'n invloed op die verhoudings wat jy het. Jy kan nie iets gee wat jy nie het nie. Hoor jy: Jy kan nie iets gee wat jy nie het nie. Selfgesentreerdheid is die teenoorgestelde van selfliefde.

Indien jy is soos ek dink jy is, herlaai jy jou energie deur tyd alleen of in stil, vreedsame omgewings deur te bring. Ek weet jy verkies betekenisvolle verbindings met 'n kleiner kring van goeie vriende en is geneig om stres intern te verwerk. Jy soek na alleen wees en stil refleksie om balans te vind, maar jy is te versigtig in jou besluitneming. Ek weet ook jy besin en ontleed binne toe voordat jy jou perspektiewe deel. Dit is goed om jou deur voorbeeld te laat lei. Jy het nog altyd presteer in gefokusde, strategiese leierskapposisies.

En weet jy wat? Wat jou ekstra spesiaal maak is die feit dat jy 'n uitstekende luisteraar is, wat jou die steunpilaar maak vir ons, jou vriende en geliefdes.

Ek koester ook betekenisvolle verbindings en verkies ook een-tot-een interaksies, waar ek in opregte gesprekke betrokke raak. So word gedeelde belangstellings op 'n dieper vlak verken.

Soms, nee, meeste van die tyd is sosiale interaksies vir my ook 'n doolhof van emosies, en dit maak my angstig en onrustig. Dit is vir my 'n hindernis. En ek weet dit is 'n verskynsel wat ons almal behoort te verstaan; gelukkig het meeste mense empatie daarmee. Die waarheid is, angs is nie beperk tot enige persoonlikheidstipe nie. Dit het jou wat in die kalklig beweeg, net so hard geslaan soos vir my op die grond. My, en jou, vrees vir oordeel of ongemak gooi skaduwees op ons vreedsame refleksies. Ons vrees vind troos in sagte omhelsing van mense se begrip.

Jy het ander vaardighede as ek, blink uit in take wat volgehoue aandag en konsentrasie vereis, soos navorsing of skryf of musiek maak. Jou deurdagte aard maak jou vaardig om die groter prentjie te sien. Ek daarenteen put genot uit alleen-aktiwiteite soos lees, skryf, rekenaarverwante kunsaktiwiteite en stap.

Ek weet ek is reg oor jou, want is dit nie ook wie en waar ek nou is nie? Een ding behoort ons dalk ook te hoor, ongeag. Ons raak ongeskik wanneer ons in onsself gekeer is, partykeer met onskuldige mense wat dit nie verdien nie. Die is dalk nie medisyne vir jou en my ego nie, maar dalk iets om oor na te dink?

Ons is nie alleen nie. Ander seer mense loop ook elke dag tussen ons. Die stille bedroefdes. Dit is maklik om mense soos hulle mis te kyk, want hulle, net soos ons, het geleer hoe om ware pyn te weg te steek.

Mense dink hulle ondersteun ons wanneer hul vra hoe dit gaan. Die meeste van die tyd vertel ons vir hulle wat hul wil hoor: “Dit gaan goed met my. Ek neem een dag op ’n slag.”

In der waarheid wil ons hê hulle moet weet niemand kan dit beter maak nie. Dalk wil ons net hê iemand moet ons laat praat oor hoe seer dit regtig is, ons laat praat oor ons geliefdes. Ja, en nou praat ek vir myself; ondersteun my selfs wanneer ek nie daarvoor vra nie. Maar hulle sal waarskynlik nie. Omdat ons hulle nie toestemming gee om tyd saam met ons hartseer te spandeer nie. En so gaan ons daagliks voort om tussen mense te loop. Heel en stukkende mense. In stilte.

Begin daai reis waar jy besef jy het waarde, en jy maak saak, én daar is niemand soos jy nie. Jy kan vrylik van jouself gee, want jy gaan nooit opraak nie. Die wêreld het jou uniekheid nodig. Miskien het jy reeds, maar miskien is dit weereens net 'n voorgee? Net jy sal weet, en al weet jy nie wie ek is nie, behoort jy te weet daar is mense wat jou dophou. Iemand vir wie jy 'n rolmodel is. Positiewe denke is ook 'n opdrag van ons Vader, jy weet dit tog ... kies die lewe!

Begin net en doen dit!

Gedenk die Sabbatdag

"Pa ...?"

"Susaar ...?"

Ek glimlag vir Pa en hy glimlag terug, sit agteroor en kruis sy bene ... voel-voel in sy hempsak na sy pyp en vuurhoutjies.

"Pa, praat met my oor die Sabbatdag wat ons moet heilig hou ..."

"Krap jy al weer, Susaar?"

"Nee, Pa, maar ek wil weet. Wie en wanneer en hoekom is daar besluit dat die Sabbatdag moet skuif van 'n Saterdag na 'n Sondag?"

"Jy wil vêr terug delf, my kind, want dan moet jy byvoorbeeld ook gaan kyk na die maande van die jaar, na die opdragte oor die feeste, die wet ... om maar 'n paar te noem."

"Dis reg, Pa, maar kom ons begin dan net iewers Of kom ons begin by die begin? Wie speel God en hoe het hy daarmee weggekom?

"Was die opdrag dan net aan Jeremia (1:10) en beteken dit ek moenie vrae vra nie? Daar staan tog duidelik: 'Vandag stel ek jou aan om op te staan teen nasies en koninkryke. Sommige moet jy uitroei en afbreek, vernietig en omverwerp. Ander moet jy opbou en plant.'"

"Susaar, jy is nie sterk genoeg om teen jou man, jou dominee of die kerk op te staan nie, wat nog te sê nasies en koninkryke ...?"

Ek sug en kyk op na die hemel, vra in my gedagtes vir Vader waar my hulp dan vandaan sal kom. Sal Hy my asseblief help? Die regte woorde in my mond lê?

"Ek weet, Pa. Maar help my dan om te saai."

"Wat wil jy saai? Onmin? Tweespalt? Ek en jy is te klein om hierdie taak aan te durf. Dit sal oorlog wees."

Pa maak sy oog in 'n driehoek en kap sy pyp teen die draadtafel om die tabak los te woel.

"Maar, om jou vraag te beantwoord, Susaar, dit was volgens oorlewering, die Romeinse keiser Konstantyn I. Sondag was nog 'n werksdag in die Romeinse Ryk. Op 7 Maart 321 het hy egter 'n siviele dekreet uitgevaardig wat Sondag 'n rusdag van arbeid gemaak het, wat lui: Alle regters en stadsmense en die vakmanne sal rus op die eerbiedwaardige dag van die son."

"So, hoekom het die Christene wegbeweeg van die tradisie, of eerder die opdrag? Waarom nie Saterdae aanbid nie?"

"Die verskuiwing was nie arbitrêr nie, maar eerder 'n erkenning van 'n gebeurtenis wat die verloop van die geskiedenis verander het - die opstanding van Jesus Christus."

"Waar in die Bybel lees ons dit?" vra ek ietwat geïrriteerd en sarkasties. Wat het van Pa se beginsels geword?

"Tot Sy Opstanding het Jesus Christus en Sy dissipels die sewende dag as die Sabbat vereer. Na Sy Opstanding is die Sondag heilig gehou as die Here se dag ter herinnering aan Sy Opstanding op daardie dag. Dit staan in Handelinge 20:7; 1 Korintiërs 16:2. Jy het dit self al baie gelees."

"Pa hoor nie wat ek vra nie ..." begin ek my teenvraag maar Pa lig sy hand om my te stil te maak.

"Dit maak nie saak of jy Saterdag of Sondag in korporatiewe aanbidding oorgaan nie, want dit is nie wat regtig saak maak nie. Wat regtig saak maak, is dat jy jou rus en vrede, my kind, in Christus vind! En jy kan (en moet) dit elke dag van die week doen! So, hulle is beide reg (en verkeerd)! Christene vier Sondag fees omdat dit die dag is waarop Jesus uit die dood opgestaan het en waarop die Heilige Gees na die apostels gekom het."

"Dit was nie God se opdrag nie, Pa. Ek kan nie glo ek hoor Pa dit sê nie! Het Pa vergeet? Soos Vader My liefgehad het, het Ek julle ook liefgehad; bly in My liefde. As jy My gebooie bewaar, sal jy in My liefde bly, net soos Ek My Vader se gebooie bewaar het en in Sy liefde bly. Dit het Ek vir julle gesê, sodat my blydskap in julle kan bly en julle blydskap volkome kan wees. Jesus het dan self ook God se gebooie eerbiedig. Wie is ons om dit te verander!"

"Daar is 'n tyd en seisoen vir alles in die lewe. Daar is 'n tyd om teen dinge op te staan en 'n tyd om stil te wees. Daar is 'n tyd om dinge te ontwortel en te verwyder en 'n tyd om te bou en te plant. Vra God om vir jou te wys wat jy moet doen en gehoorsaam dan Sy leiding."

Ek weet ek gaan nie deur hierdie oorlog kom sonder om te sneuwel nie. Nie eers Pa sien kans om my te ondersteun nie.

Wat is dan die waarheid en sal ons die ewige lewe so kan beërwe? Ken Vader my hart en sal Hy my hierdeur dra sonder skermutseling? Ja? Uit genade en deur geloof!

Ek sug, staan op en loop kombuis toe. Pa kies koers kraal toe sonder om te groet.

Gemaskerde marionet

Ma het altyd vir my gesê, ek is wie ek dink ander mense wil hê ek moet wees. "Daar is baie mense wat jou skaamteloos sal vertel wie jy behoort te wees. Omdat jy nie goed genoeg oor jouself voel nie, probeer jy aan ander se verwagtinge voldoen. Inderwaarheid is jy dan 'n willose marionet."

Ma is 'n wyse vrou – en sy het die spyker sekuur getref. My selfbeeld, eiewaarde en menswees was ontstellend vrot. Ek het my lewe lank voorgegee, bevrees vir daardie onvergenoegde flits in mense se oë: jy is nie goed genoeg nie!

Ek verlaat skool einde standerd agt ten spyte van groot teenkanting van my geliefde Engelse onderwyseres. Met my eerste jeugdige, naïewe maskertjie aan, gaan werk ek by die poskantoor. 'n Vanselfsprekende keuse om vinnig werk te kry en terselfdertyd van my huislike omstandighede te ontkom. Na ses maande se opleiding in Bultfontein, word ek uitgeplaas na nog 'n klein Vrystaatse dorpie.

Ek is 'n werkende jong dame, selfonderhoudend en besig om my dop te ontgroei. Mans begin aanlê en kuier graag; heelparty ma's dra namens hul seuns blomme en sjokolade aan. Hierdie onuitgesproke goedkeuring bring mee dat ek minder krities na myself kyk. Aanvaarding van wie ek is, waar ek vandaan kom en dat ek vir myself mag lief wees ... Of so het ek gedink.

Len was 'n tweedejaar onderwysstudent by die Potchefstroomse Universiteit. Selfversekerd, sterk persoonlikheid, gewild, glad nie onaantreklik nie, 'n netjiese jong man! Ek geniet die aandag, raak verlief op die liefde en sprankel oor die mooi in die lewe. Was daar dan 'n tyd dat ek nie in sprokies geglo het nie? Alles gaan goed-beter-beste, ek verlang minder huis toe en vergeet byna ...

"As iemand vra, moet tog net nie sê jy werk in die poskantoor nie ..." stort alles in duie toe hy een Saterdag vir my die kampus gaan wys. Hoogmoed word by sy lysie gevoeg. En toe ek hoor Pa se geel Valiant en die res van die orrelpypies tuis, is beslis "common". Boonop is hy 'n arrogante buffel. Kortom: Ek pas nie by sy "image" nie!

Ek voel verneder en miserabel. Die ietwat-optimistiese-ek stoei met die minderwaardige-ek om nie terug te tuimel in die bodemlose put van selfbejammering en haat nie. Haat vir mans wat lewens verwoes! Ek gryp nog 'n masker – tyd vir een met berekende, kil oë – nie weer sal 'n man my kwesbaar sien nie.

Die aarde snel voort in sy wentelbaan en my verdedigingsmeganisme blyk effektief te wees. Ek het (onwillekeurig of doelbewus?) 'n siftingsproses in werking gestel. Geen geleerde, ryk of vername man naby my nie – hulle sal vinnig hul fout agterkom. Ek kuier en gaan net op afsprake met iemand wat uit dieselfde "klas/stand" as ek kom.

Vier jaar na my Len-fase, kry ek hom, maar 'n baie beter een as wat ek verdien. Hy glo in my en poog onverpoosd om my tot dieselfde insig te bring: dat ek goed genoeg is. Hy is bedagsaam, empatiek en ongelooflik lankmoedig – met tye slaag hy werklik daarin om my te ontmasker. My kinders is my trots en kinderoë verseker my ek is geen nikswerd, tweederangse burger nie, maar hul rots, hul alles.

Nes Moeder Natuur het elke huwelik sy kwota storms, vloede, peste en plae. En hoekom sou dit ons nie tref nie? Geduldige Man raak mettertyd moedeloos met Afwesige Vrou en begin later en later huiswaarts keer. Agterdog en angs laat gryp my na 'n bekende vertroueling: My masker!

Een donderige Donderdag kom sê Manlief hy kán nie meer nie! En daar neuk ek "boots and all" terug in my put. Die begin van jare se selfbejammering-onderdompeling. Here, hoe verander ek my denkwyse, hoe leer ek swem sonder vlerkies?

Manlief besluit, na baie smeek, trane en 'n hartsbriefie van ons oudste kind, om te bly. Hy vind die krag om ons albei staande te hou en ons veg teen die gedrog van depressie en 'n swak selfbeeld wat hap-hap aan my hakskene. My immer teenwoordige masker veg saam ... Hierdie man red my telkens as my laste, kwellings en obsessies my feitlik laat verdrink – 36 jaar lank. 'n Sertifikaat vir verdienstelikheid moet verseker aan hom toegeken word!

Met sy afsterwe besef ek, ek is nou a l l e e n. Om voort te strompel, het ek meer as ooit 'n masker nodig. Selfverwyt knaag, byt en skeur hompe uit my uit. Ek het hom nie genoeg waardeer nie, gewys hoe belangrik hy vir my is nie, nie altyd gesonde kos voorberei en hom ondersteun nie. Ek kon meer gedoen het om sy hartaanval te verhoed.

Sonder my kruk struikel ek noodgedwonge aan. Die insig kom nie oornag nie, maar ek begin die "change your way of thinking"-ideologie toepas. Ek vat daai verniet genade en begin die maskers een vir een loswoel en wegsmyt. Ek vergewe Pa dat hy nie die vloedgety in sy ses onvergenoegde kinders se lewe kon omkeer nie. Ek vra om vergifnis vir my eie opstandigheid, ondankbaarheid en ongehoorsaamheid. Swaarkry het my uiteindelik geleer om te "survive".

Ek besoek die kruispad waar verwerping finaal sy tol geëis het. Ek vergewe Len se hoogmoedigheid, hoor van die loesing wat karma hom gegee het: geskei, hopelose verhouding met Poppie wat hom bloot verduur omdat hy haar finansier. Hy maak verskoning vir sy destydse stink houding. Maar ek loer nie meer deur beperkende skrefies van maskeroë nie. Hy het nie verander nie; sy "image" onmiskenbaar. Hy herken nie my soeke na herstel nie. Hy het die verwronge idee dat hy steeds 'n vangs is en arme, onsekere ekke hom wil inkatrol. Erken selfs blatant dat hy dit in my lyftaal lees. Amper lag ek hom openlik uit, maar begrip vir die rowwe kronkelpaaie wat hy nog moet stap, snoer my. Ek dank ons Pappa Vader opnuut dat die Len-b(r)eker by my verbygegaan het! My pretensieuse masker, spesiaal ontwerp om Len-agtige mense te beïndruk, waai finaal.

Ek maak tyd vir myself, leer die nuwe ek ken, is minder streng met myself. Die dag is einde ten laaste hier: Ek kyk in die spieël en daar is geen maplotter in sig nie, geen sielsongelukkige vrou nie. Ek leer om vir myself lief te wees, want Jesus het my lief! Hy het met Sy bloed betaal, ek is vrygekoop en vrygespreek. My laaste masker beland op die rommelhoop, want ek is goed genoeg! Uit genade alleen en deur geloof in my Saligmaker ...

Onverwags verskyn daar weer die nodigheid vir 'n masker ...

Die Corona masker! Ek knik vir myself in die spieël, glimlag opgewek, want ek weet dieselfde EEN wat my en my geliefdes, ons almal, al lewenslank behoed en bewaar, is in beheer. Telkemale het die opstandige ek Sy hand gelos, net om te besef Hy het my in sy arms opgeraap. Dis Hy, my Rots, my Alles, wat gesorg het dat ek (en jy) ook finaal daardie masker kon afwerp.

Ek is vry, want ek weet verseker: Ek ís goed genoeg!

Huis, paleis in Pa se hart is ek tuis

Pa word oud ... hy loop al hoe stadiger en maak al meer op sy kierie staat wanneer hy saans die pomp gaan afskakel. Ek glimlag en steek my tong vir hom uit. Hy glimlag terug en ek voel sommer net dankbaar vir sy teenwoordigheid hier op die plaas. In die verte bulk ’n bees, blêr die bokke in die kraal en ’n nonnetjiesuil vlieg verskrik op toe pa die hekkie agter hom toeklap. Dit is salig hier by Pa waar vrede skouerhoogte groei!

“En wat flirt jy so met jou ou vader?” vra Pa en kom sit effens uitasem langs my op die bank wat teen die muur staan.

Ek lag en vra van wanneer af word tong uitsteek as flirt geklassifiseer. Ek haak by Pa se arm in en lê met my kop op sy skouer en hy antwoord, sy stem dik van die lag: ”Tong uitsteek is soentjies vra ...” sing Pa.

Ons lag lekker vir die onthou uit vervloë se dae ... toe ek nog op Pa se skoot kon sit en hy my trane kon afdroog wanneer ek tjankerig was, oor alles en oor niks.

“Ek is sommer net lief vir Pa en waardeer wat Pa vir my doen en beteken,” antwoord ek en Pa sit sy arm om my skouers; gee my ’n drukkie wat van sy liefde en omgee getuig. Pa is nie iemand wat heeldag en aldag drukkies en soentjies uitdeel nie, maar almal weet: jy raak nie aan sy kinders nie!

"Dankie dat Pa se huis ook my huis kan wees," sê ek, skielik aangedaan oor Pa se blykie van liefde.

"Dit is vir my ook lekker om jou hier te hê," sê Pa en ek hoor die 'maar' in sy stem, "maar onthou ook ek gaan nie vir altyd lewe nie, dus gaan hierdie huis nie altyd joune wees nie." Pa klap met sy hand op sy bors en ek weet dat hy eintlik na sy hart verwys. Pa se hart is ons huis.

"Ai, Pa ..."

"Dit is die waarheid, en ek wil jou nou nie bangpraat of negatiewe gedagtes by jou los nie, maar ek wil tog vra my kind: bou jy nie jou huis in ander mense of dan liewer, in my hart nie, want dit is een van die grootste foute wat jy kan maak?

"Pa ...?"

"Ja, Susaar, jy bou jou huis en jy versier dit met liefde en sorg en respek wat jou aan die einde van die dag veilig laat voel. Jy is besig om in my huis te belê en jy evalueer jou eiewaarde op grond van hoeveel ék jou welkom laat voel. Maar wat jy nie besef nie, is dat wanneer jy jou huis in ander mense bou, jy hulle die mag gee om jou dakloos te maak."

'Is Pa besig om my weg te stuur?" vra ek met 'n frons en maak asof ek Pa aspris verkeerd verstaan. My hart pyn en mis 'n slag toe ek wonder of Pa dalk siek is en hy dit vir my wegsteek. Nee Here, nie my rots nie!

Pa vroetel en vryf oor die moesie op sy voorhoof, gaan dan ongestoord voort: "Nee, ek jaag jou nie weg nie, maar wanneer ek die dag doodgaan, stap hierdie huis," en Pa klap weer teen sy bors, "saam met my weg, en gaan jy weer leeg en alleen voel, want alles wat jy in jou gehad het, het jy hierin gesit. Jy het iemand anders, in die geval, ek, met stukkies van jou vertrou. En ek waardeer jou vertroue in my, Susaar, dit gee betekenis aan my lewe ook. Die leegheid wat jy gaan voel beteken nie dat jy niks het om te deel nie, of dat jy niks in jou het nie, dit is net dat jy jou huis op die verkeerde plek gebou het."

Trane rol geruisloos by my wange af en ek vra sag: "Waar is dan die regte plek, Pa?"

"Jy is verantwoordelik vir jou eie suksesverhaal. Belê in jouself en maak van die grootmenswêreld kinderspeletjies. Vind jou ware identiteit in God en gee jou menswees oor aan Hom. In jou soeke na sin en betekenis van die lewe, die soeke na wie jy is en wie God is, moet jy steeds elke dag leef, jou take en verantwoordelikhede nakom, want dit is hier waar jou menswees ontsluit en tot vervulling kom. Onthou jy wat Ian Wallace geskryf het: "Hoekom probeer jy so hard om in te pas wanneer jy gebore is om uit te staan?!"

"Dis tyd dat jy aanbeweeg. Jy is so lank al alleen dat jy teen die tyd behoort te weet waar jy jou huis sal wil bou ... en fokus op wat jy het, nie wat jy verloor het nie. Ons is nie hier om perfek te wees nie, ons is hier om lief te hê."

Ek keer lankal nie meer my trane nie. Pa haal sy sakdoek uit, vee saggies oor my oë en ek kry die reuk van tabak toe hy ook kamma-kamma my neus afvee ...

"Ek hoop met my hele hart dat ek jou die regte lewe gewys het my kind. Dat ek nie gemaak het of ék alles bymekaar het nie, of dat die lewe nie moeilik is en was nie. Ek hoop ek het jou die geloof van jou gegee, in jou kern. Dat ek jou genoeg liefgehad het, om 'n bloudruk vir die lewe te kodeer. Om jou te wys hoe liefde moet lyk. En ek hoop ek laat jou my sien breek, sodat jy kan verstaan, dit is nie 'n einde nie, eerder 'n stap. En dit is lewensbelangrik.

"Ek kon onmoontlik alles reggekry het, en miskien is dit die beste ding wat ek vir jou gegee het. Daardie kennis. Niemand kry dit reg nie. Ek sê weer: Ons is nie hier om perfek te wees nie, ons is hier om lief te hê, om sterker en helderder te word met elke generasie. Word helderder, my kind, helderder as ek. En wanneer ek nie meer by jou kan wees nie, onthou, ons deel 'n DNA, my selle leef binne-in jou. Jy kan my nooit verloor nie. Nie regtig nie. Ons is 'n span, ek en jy."

Ek snik behoorlik as Pa so mooi met my praat. Vat sy sakdoek en blaas, baie onvroulik, my neus uit.

"Neem jou tyd, my kind, maar moenie aanhou met wegkruip nie. Jy moet een of ander tyd weer jou lewe begin leef ... nou is so goed soos enige ander tyd. Jy gaan dalk spyt wees jy het dit nie lankal gedoen nie? Wie nie waag nie, sal nie wen nie! En ... niemand gaan jou meer mis as ek nie, maar jy is nou eerste op jou prioriteitslys. Gaan groot, ons tyd vir lag raak min ..."

Ek probeer nog vir oulaas 'n stukkie van my hart in Pa se huis los ... Pa se mooi en altyd dankbare hart.

“Ek het ’n begeerte om saak te maak, Pa. En ek was gelukkig getroud, al was my hart nie altyd vol nie. Vandag het ek alles en nog meer as wat my hart begeer, maar my prop is nie groot genoeg nie, my siel is besig om uit te lek. Ek weet self nie waarna ek soek nie, waar my hart se huis moet wees nie, ook nie waar my huis se hart is nie. Ek bid en vra en smeek nou al hoe lank vir wysheid en insig en hier sit ek nog steeds by Pa! Dalk móét Pa my wegjaag, miskien vat my voete my huis toe of na ’n ander vrede toe, want ek smag met my hele hart daarna...”

Pa probeer ongesiens om die knop in sy keel weg te sluk, maar sit sy mooiste glimlag op en tik my op my skouer. “Kom, my maag protesteer nou teen die hongersnood wat hom so skielik getref het.”

Ek gee my arm vir Pa en haak skuldig by hom in, etenstyd is lankal verby ...

Dankie Pa!

Kannie waggie

"Liewe genade, vrou, wat doen jy?!" Ek kyk verskrik op in Jors se driehoekwenkbroue en wyd oopgesperde neusgate vas. Het ek nou regtig vandag te ver gegaan?

"Wat?" vra ek ewe onskuldig en baie vriendelik, want ek kan nie nou hardekoejawel raak nie, ek is verleë!

"Ons help jou solank dan kry jy gouer klaar ... en jy kán my groet!"

"Ek het vir jou gesê jy moet WAG, vrou, Rome is nie in een dag gebou nie! En wie is ons? Wie het jou gehelp?"

Ek gaan nie vandag hallo gesê word nie, dalk eerder koebaai Meraai! En toe wip ek my in elk geval en praat 'n oktaaf hoër en harder. "Hierdie is nié Rome nié, dis my kombuis, en ek is nou gatvol vir hierdie blinkgeverfte, giggelgeel, grillerige verrotte negentien voertsek houtkaste! En ... Janus het my gehelp, want ek het gesê hy moet! Jy los hom uit!"

Ek wil nie langer wag nie, ek kan nie! Hoor jy my!! Ek voel hoe histerie in my keel opborrel.

"En nou trap jy mý uit terwyl jy die een is wat aanjaag," begin Jors en ek ruk my stert ordentlik in 'n krul, draai om, druk my ore toe en stap deur toe sonder dat hy nog 'n woord inkry ...

"En nou gaan jy seker weer vir twee weke lank stilstuipe hê ... maar ek gaan nie die gemors vir jou opruim nie, jy is op jou eie!"

Ek stop en kyk by die agterdeur uit in die rigting van die grasperk waar daar nou oral stukke gebreekte en gesplinterde planke en houtdeure rond lê, en vra:

"Wil jy hê ek moet dit terugsit, want ek sál? Jy weet ek sal..." Ek knyp my oë toe en kners op my tande. Wat praat ek tog!

Jors vra weer, sy lippe beweeg, maar sy tande byt opmekaar: "Meraai, wie gaan daai gemors buite optel en wegry? En waar gaan jy met al die twak heen wat nou die hele wêreld vol rondstaan?"

Die man bewe nou van kwaadgeit. Ek kyk verby hom na die groen geverfde muur soos dit gelyk het voordat die ou kombuiskaste ingesit is! Dalk was dit nie so 'n goeie plan om solank die kaste uit te breek nie ... Het buitendien my alie af gesukkel en moes boonop jaag en klaarmaak voordat hy van die werk af kom en my dalk probeer keer. Miskien móés ek maar liewer gewag het. Ek was gretig ongeduldig dat iets met die kombuis moes gebeur.

"Wat is jou plan nou?" wil hy onheilspellend kalm weet nadat daar 'n stilte oor ons neergedaal het. Janus verskyn half verskrik in die gang, draai om en loop koes-koes met 'n ompad kamer toe.

Ek kry 'n nare gevoel op my maag dat hier vir baie lank nog niks aan hierdie kombuis gedoen gaan word nie! Die vertrek, wat vanoggend nog 'n sonnige geel kombuis was, lyk nou regtig sleg met die kaal groen en roomkleur mure. Plek-plek is daar gate in die muur soos ek gesukkel het om die planke uit en/of af te kry. As jy mooi kyk, sit daar op plekke nog ou kos en tamatiesous vas soos dit deur die jare agter of langs die kas ingeloop het. My hande is seer en Janus het boonop 'n blou duimnael in die proses ryker geword. Ek het darem al uitgevee en van die meeste gemors ontslae geraak, dink ek asof daar 'n troosprys vir my dade gaan wees. My neus is toe en my hare is vaal en taai van al die stof en spinnerakke. Ek weet ek moet onmiddellik van taktiek verander ... Hy sal darem seker die gate toemaak en verf?

Ek voel skielik lus om te huil. Wat nou? Al steek ek my trots in my sak en sê ek is jammer, gaan dit nie die kombuis "abrakadabra" weer regmaak nie! Pleks het ek maar geluister en gewag!

"Trane gaan jou vandag nêrens bring nie. Kry jou seuntjie en pak daai gemors uit die oog, langs die garage. Ek is oor 'n uur terug dan wil ek nie 'n spyker of 'n skroef iewers sien rondlê nie! En onthou sommer, enige pap wiele is nou julle verantwoordelikheid!"

Ek weet tot vandag toe nie of dit, uit moedswilligheid was en of daar rerig nie geld was nie, maar ek het 'n jaar lank gewag vir my nuwe kombuis. Ek het oral by vriendinne kaste geleen om die groen mure weg te steek, en ek het prente, onsuksesvol, voor die gate probeer hang ... Maar ek moes wag en geduldig wees sonder om naar te word.

Gelukkig was die wag toe die moeite werd, want dit was my droomkombuis!

"Dankie, Jors ... en sorry! Sê my net gou, hoe lank moet ek nog wag voor ons die slaapkamer kan oordoen?"

Lidiah

“Hier is net tienduisend slakke. Ek het vir twaalfduisend betaal! Marcus?”

“Jy weet tog al teen die tyd, ek het 0,05 onse kleursel nodig, dit vat twaalfduisend slakke, om net die soom van ’n mantel pers te kry! Wat verstaan jy nie?”

Ek sug toe ek sien dat die visserman sukkel om sy emosies te beheer, al bloedrooi deur die son gebrand. Ek weet, dit is amper ’n onbegonne taak om in so ’n kort tydjie soveel slakke bymekaar te maak. Nogtans, behoort hy teen die tyd al die reëls te ken.

Ek spesialiseer nou al vir jare in die Tiriese pers kleurstof wat van ’n sekere seeslak afkomstig is. Dit is ongelooflik duur, maar het my een van die rykste tekstielhandelaars in Filippi gemaak. Dit is slegs die welgestelde elite wat klere kan dra wat met purper versier is. Pers word geassosieer met koninklikes en vroomheid. Ja, dit is die kleur van standvastigheid en liefde, ’n kleur vir konings en hooggeplaastes. Ek onthou dat dit in die groot boekrol opgeteken is dat die mantel van Aäron se skouerkleed, wat hy tydens sy priesteramp moes dra, heeltemal van pers stof gemaak moes word. Heilige klere tot eer en tot sieraad van God. Ek wonder steeds hoe en van waar hulle destyds die kleursel gekry het.

Ek glimlag toe ek ook onthou van die granaatjies wat saam met goue klokkies aan die soom van die mantel vasgewerk is. Dit staan so opgeskryf: “‘n Goue klokkie, en 'n granaatjie, 'n goue klokkie en 'n granaatjie." Die klokkie was natuurlik daar dat hy gehoor kon word wanneer hy in die heiligdom ingaan. Daar is baie bespiegel, of die granaat dalk die verbode vrug in die tuin van Eden verteenwoordig het.

"Ek doen my bes, Mevrou" antwoord Marcus en draai om. "Ek sal môre weer probeer." Sy skouers hang en ek kan die ongelukkigheid in sy bruin oë en op sy gesig sien.

"Nee, dit is môre die sabbatdag," keer ek hom, maar onthou dadelik dat hy nie 'n Christen is nie. Net soos ek, be-oefen hy ook Judaïsme, die godsdiens van die Joodse volk. Dit is die oudste van die vier grootste monoteïstiese godsdienste ter wêreld ('n godsdiens gebaseer op die geloof dat daar net een God is), en dit is meer as 4 000 jaar oud.

Ek is egter al baie lank baie geïnteresseerd in die storie van die Messias wat reeds gekom het, gekruisig, gesterf en op die derde dag weer opgestaan het. Hier is blykbaar een van Sy dissipels in die stad op 'n sendingreis. Ek wil graag ook môre saam met hulle daar by die bidplek wees.

"Dankie, Marcus. Jy het tyd tot volgende week. Ek draai vinnig om toe ek sien dat die wind nou uit sy seile is en stap in die rigting van my huis. Ek weet hy gaan baie vrae hê, maar sal dit hanteer wanneer ons daar kom.

Die son het skaars kop uitgesteek toe ek my mantel styf om my skouers vasbind en koers kies na die rivier aan die buitekant van die stadspoort toe. Daar was baie vroue en ook 'n paar mans. Ek het myself tussen hulle ingedruk en elke woord wat die man gespreek het, behoorlik ingedrink.

Hulle was twee afgevaardigdes van Jerusalem af om ons te kom vertel van Jesus die Nasarener, die Messias en dat ons moet glo. Hy het vertel dat hy in 'n visioen 'n man gesien het wat by hom staan en hom smeek om hierheen te kom. Wat 'n belewenis was dit. Ek kon my ore nie glo oor alles wat ek gehoor het nie! Ons word verlos uit die mag van sonde én van die straf van sonde. Baie ongelowige mense het gedurende die getuienisse opgestaan en geloop, dwars en sommer net ongeskik.

Die mans is hierheen gestuur in 'n droom en hulle was gehoorsaam. God se instrumente. Ek was sprakeloos. Ek dink wat my oortuig het om my hart vir Jesus te gee, was toe hy gesê het: "Moet die uitsakkers en die onwaarskynlikes nie afskryf nie. Hulle vir wie ons afskryf, mag dalk van die heel bruikbaarste werktuie in God se gereedskapskis word." En ook: "Moenie van jouself meer dink as wat jy behoort te dink nie, lê jou daarop toe om beskeie te wees ..."

Ek het myself nie in die kategorie van 'n uitsakker gesien nie; want ek het baie hard gewerk om te kom waar ek vandag is. Of ek beskeie en nederig genoeg is weet ek nie. Ek weet net dat God die Vader my hart gesien het en dat ek uitverkies is om vir Hom te werk.

Die getuienis van die evangelis Mattheus het ook vir my baie uitgestaan. Hy het vertel dat voordat Jesus hom geroep het, hy belasting kon hef op brûe, visvangste, paaie, posstukke, die inhoud van die sakke wat die kamele vervoer het, byna enigiets wat by hom verbygekom het. Hy was 'n gehate man, 'n tollenaar. En tog het Jesus vir hom gesê: "Volg My!" Die Jode moes na hul asems gesnak het toe hulle dit hoor. In hulle oë is tollenaars as varke en 'n lae klas uitgeskel. "Al is ons baie, in Christus is ons een liggaam en almal afsonderlik lede van mekaar."

Ek dink opnuut weer aan die granaat: Elkeen van ons is 'n saadjie op ons eie, maar saam is ons 'n vrug. Soos die pit van 'n granaat is ons ook omring deur Sy bloed!

Die Here God het my ontvanklik vir hierdie getuienisse gemaak. Ek wil meer weet, ook vir Hom 'n werktuig wees, kom wat wil.

Groot en emosioneel was die oomblik vir my en my familie, ook van my werkers en huisbediendes, selfs Marcus, toe ons 'n paar dae later in die rivier gedoop kon word. Uit dankbaarheid dat ek hul kon oortuig van my geloof in die Messias, het ek my woning aangebied as huiskerk en hul het dit so aanvaar. "Eerste vroue huiskerkleier in die geskiedenis," het hul ietwat ongemaklik ge-uiter. Ek was ongelooflik opgewonde, want dit is hier waar ek my nederige dienste en getuienisse met die mense van die ooste tot die weste wil deel en hulle wil leer: glo in Jesus Christus en jy sal gered word ...

Daar was 'n vrou met 'n waarsêende gees in haar wat agter die mans aangeloop en geskree het, vir almal wat kon hoor, dat hulle dienaars is wat deur God gestuur is en dat hulle die weg van die verlossing verkondig. Paulus, een van die mans op die sendingreis, was baie ontevrede met haar en het die gees in die Naam van Jesus beveel om uit haar uit te gaan.

Dit het toe ook net so gebeur. Paulus en sy vriend Silas is daarna in die tronk gegooi, omdat hy die gees uit die waarsêer verjaag het. Hulle het die hele nag lank lofliedere gesing toe daar skielik 'n aardbewing kom. Die tronkbewaarder het bewend voor hulle gekniel en gevra wat hy moet doen om gered te word. Net soos ons by die biddag gehoor het, het hulle vir hom gesê dat hy in die Here Jesus moet glo.

Ek het ongelooflik baie geleer: sterk en swak, selfversekerd en onseker, suksesvol en onsuksesvol, ryk en arm – almal kan en moet gebruik word vir Sy werk. Niemand mag afgeskryf word nie!

Is dit nie waar nie, as ons so na die wêreld kyk, is dit nie moeilik om redes vir swaarmoedigheid te vind nie. Werkloosheid, haweloosheid, siektes, hongersnood, huwelike wat sukkel, ekonomiese swaarkry, die vervolging van gelowiges in die openbaar, al die uitdagings van die lewe in 'n sonde gefokusde wêreld; dit voel vir my oorweldigend. Hoe moet die ongelowiges dan voel?

Ek het ook beleef dat probleme nie net van buite die kerk kom nie, maar ook van binne. Ons kan mekaar so seer maak. Skinder, laster, afguns, onenigheid, luiheid en die voortdurende versoekings en mislukkings, eis almal hul tol in die kerk.

Lyding kan positiewe groei in die lewe van 'n Christen teweegbring. Meer volwasse begrip, groter diepte in karakter en groter geestelike rypheid. Maar – groei onder lyding vind slegs plaas waar die wingerdloot onlosmaaklik met die wingerdstok verenig is.

Ek het 'n vêr, lang en uitdagende pad saam met die dissipels gestap. Nie 'n maklike een nie, maar geesvervuld en daaroor is ek ongelooflik dankbaar.

Geïnspireer deur: Handelinge 16; Ex 28

Lank van tong

“En as jy so in jou teekoppie staar, Susaar? Lees jy nou teeblare of het daar 'n “creepy crawly” ingevlieg?” vra pa en sit sy koffiebeker langs hom op die draadtafel neer.

Ek kyk op, glimlag vir Pa wat ons kleintyd sêgoed so goed kan onthou. Dit was dié verskoning wanneer ons laatnag kamma-kamma bang by Pa wou gaan inkruip, want “daar’s creepy crawlies in ons kamer” ...

“Nee, Pa, “creepy crawlies” kruip, hulle vlieg nie, onthou?” Pa lag en skud sy kop. Kyk met argusoë na my.

“Weet Pappa wat is wel “creepy” en “crawl” by my ruggraat af?” vergruis ek weereens ons mooi taal en vee die sweet van my voorkop af.

“Skinderpraatjies. Tussen ons eie mense. Nie noodwendig liegstories nie, maar stories wat seermaak. Van daai wat geraamtes geword het en wat ons liewer in die kas wil hou.

“Onthou Pa, Pa het altyd gesê: as jy nie iets goeds van iemand kan sê nie, bly dan liewer stil?”

“Susaar, jy praat 'n dooie jakkals aan die draf, bedaar tog. Wie het nou weer wat gesê?” vra Pa. Hy gaan sit en haal die hoed van sy kop af, teug aan sy koffie en skuif terug in sy stoel. Die frons op sy voorkop amper so diep soos die Blyderiviervallei.

“Pa, ek weet ons skinder almal. Dit is, ons doen. Niemand kan vir iemand vinger wys nie. Ons hou daarvan om persoonlike inligting oor te vertel en dan gaan party mense voort om daardie einste nuusbrokkie deur te gee aan mense wat dit nie hoef te weet nie en niks daarmee te make het nie; las sommer nog 'n stertjie ook aan."

"Ek luister, Susaar," sê Pa en kyk in die rigting van die son wat begin water trek.

"Skindertonge, Pa, het die manier om hulself goed te laat lyk. Mense word sleggemaak en dan verhef ons onsself as vertrouenswaardig. Gewoonlik bly ons jammerlik tjoepstil en vergeet ons ons eie geraamtes.

"Ek slaan deesdae hoendervel uit wanneer iemand 'n gesprek begin met: 'Ek wil gou skinder'. So asof dit oukei is. En dan is almal in die omtrek die ene ore. Belowe sommer dadelik dat dit 'net tussen ons sal bly'; wat natuurlik nie gebeur nie! Het ons dan geen respek vir geregtigheid nie? Of is ek verkeerd en onnodig sensitief? Pa?"

Pa antwoord nie en ek stoom voort.

"Skinderstories breek ook harte en vernietig lewens. Die slagoffers kan hulself nie verdedig nie, hul kans om so 'n afbrekingsoorlog te oorleef is amper zero! Dit is soos om met windmeulens te veg; tevergeefs ...

"Die ergste, Pa, wat betreurenswaardig is, is dat ek myself hierby moet insluit. Ek vertrou iemand anders om my geheim beter te bewaar as ekself !"

"Susaar, luister, voordat jy jou emosies nou weer op steroids sit. Daar is skinder en daar is skinder. Ek weet jy skimp oor die stories dat Klaas 'n meisie swanger gemaak het. Dit is een ding, maar het nou gebeur; dit is in elk geval nie ons storie om te vertel nie.

"As die storie gekenmerk word deur opsetlike kwaadpratery waarin vals gerugte of negatiewe feite omtrent die meisie versprei word, dan sal ek ook soos Klaas, die wêreld aan die brand wou steek. Dit is nie skinder nie, dis laster!"

"Pa, dit gaan nie oor ..."

"Of praat ons van 'n ligsinnige gebabbel, ydele, nuttelose geklets oor bure, kollegas en hul kinders? Ons kan dit as skinder klassifiseer, maar dan moet jy seker maak dit kom nie by die derde party uit nie. Ek wil hier sommer byvoeg: as jy dan móét skinder, sorg dat dit by iemand is wie jy onvoorwaardelik kan vertrou. Jy gaan vêr soek, maar probeer ten minste.

"Dit is gewoonlik hier waar die moeilikheid inkom ... by die oordra van die storie aan iemand wat jy as 'n vriend beskou (het). Voor ons 'n storie deel of oorvertel, moet ons onsself die vraag afvra: is die storie waar; is dit nodig en is dit regverdig?"

"Ek weet, Pa ..." probeer ek 'n woord in kry, maar sonder sukses.

"Jy weet mos dit is veral negatiewe gedrag van mense wat die moeite werd geag word om oor te skinder. Onbeskoftheid, rusies, buite-egtelike verhoudings, die lys is so lank soos die Nyl self. Is dit Langenhoven wat gesê het: 'by die een oor in en by die ander mond uit'?

"Lank van tong wees, dis wat jou oupa die skinderbekke genoem het. 'n Mens se tong is nie 'n been nie, maar tog kan dit gate inslaan. Dit is een van daai dinge wat so maklik is om te regverdig, veral as ons seergemaak is.

Ons vergeet baie gou, wie by jou skinder van ander sal ook by ander van jou skinder."

"Ja," sê pa en sy stem bewe. "Onstuimige water bring altyd iets troebel na bo!"

Pa bly vir 'n oomblik stil en ek gebruik weer my kans.

"Pa praat reg en Pa praat waar, maar hoe nou gemaak? En as die storie eers uit is, kan jy dit nie weer keer nie. Ons weet dit, maar dit keer ons nie om daarmee op te hou nie."

"Ek moet erken, Susaar, dat ek nie nou die regte antwoord het nie. Dit laat my wel dink aan die staaltjie wat ek so 'n rukkie terug gelees het; wat die hartseer rondom skinder baie duidelik uitbeeld. Ek wil dit vir jou vertel, Susaar, want ek het na die verhaaltjie ook besluit om my mond toe te hou ... toe soos 'n mossel in laagwater!"

Ek glimlag vir Pa se metafoor en maak my oë toe, die ene ore.

"'n Ou vroutjie wat op 'n klein plattelandse dorpie gewoon het, was bekend daarvoor dat sy oor alles en almal geskinder het. Op 'n dag gee sy haar hart vir die Here. Baie opgewonde gaan sy na die pastoor toe en vertel vir hom van haar besluit. Sy vra hom toe ook wat sy moet doen om haar skinderstories van die verlede ongeldig te kan maak. Hy gee haar toe opdrag om die volgende week een van haar hoenders te vang en aan hom te bring. Sy maak toe so. Die pastoor gee haar toe opdrag om die hoender die volgende week te slag en die vere in 'n sak vir hom te bring. So gesê, so gedaan.

"Die volgende week is sy daar met die sak vere. Daarop sê die pastoor aan haar om in die dorpie se hoofstraat af te loop en die vere in die straat te strooi, wat sy dan ook doen. Die volgende week is sy terug by die pastoor om te hoor wat sy nou nog moet doen om ontslae te raak van die ou skinderstories.

"Die pastoor sê toe aan haar om die vere wat sy die vorige week gaan strooi het, weer op te tel. Verontwaardig sê sy dat dit tog onmoontlik is!

"Daarop is die pastoor se antwoord aan haar: 'So is dit ook met die skinderstories wat jy al die jare versprei het.' Jy sien, dit is die hartseer van skinderstories, wanneer hulle gespreek is, is hulle uit en kan nie teruggetrek word nie."

"Ai, Pa, dis so hartseer! Ek hoop die pastoor het vir haar gesê dat daar ook vir haar genade en vergifnis is. Die storie klink amper asof die vrou dit dalk nie gaan maak hemel toe nie?"

"Ai nee, my kind, hoe praat jy dan nou? Die pastoor het haar, en vir ons, net gewaarsku. Ek glo sy ken die waarheid en het haar les geleer. Daar is vir ons almal vergifnis. Uit genade en deur geloof, onthou?"

"Pa, ons twee stop net hier, vandag nog. Nie weer een enkele skinderstorie oor ons lippe nie. Hoor Pa vir my?"

"Ek hoor jou, Susaar. Dit is reg so! Niks weer oor my twee lippe nie." Pa trek met sy duim en wysvinger oor sy lippe asof hy dit toerits en glimlag ondeund. “Sal jy dan maar vir my ’n WhatsApp stuur?”

“Pa ...!

“My gebed is dat ons moet hoor en sal onthou dat dit wat uit ons monde kom én dit wat ons in die geheim doen, aan die lig sal kom. Of dit goed is en of dit sleg is!”

Ek tel die koppies op en maak spore kombuis toe; wetend Pa probeer dit vir my ligter maak. Ek wou hom, en myself, aan die Bybelverse herinner, maar het besluit om dit te los. Ons weet almal wat daar geskryf staan ...!

- Deur die mond stort die roekelose sy naaste in die verderf, maar deur kennis word die regverdiges gered. Spreuke 11:9
- Hy wat haat verberg, het valse lippe; en hy wat skindertaal uitstrooi, is ’n dwaas. Spreuke 10:18

Móét ek budget?

“Ek haat elke liewe einde van elke liewe maand!” Ek val op die stoel langs Pa neer en dit skuif-gly ’n paar treë terug tot amper teen die sifdeur ...

“Susara! Wat maak jou nou so ongeskik befoeterd ...?

“Kwaad, Pa, ek is kwaad! Elke maandeinde moet ons om die tafel gaan sit en vir elke liewe sent ’n plek kry om dit te gaan spandeer ... daar is nooit geld vir niks ...

Daar moet maandeliks salarisse bymekaar gegooi word ... dan die ewige lang lys van uitgawes wat tot op die been gesny word. Alles kom op die lys, of dit word in die swart Croxley boekie opgeskryf: Huur, water en ligte, kruideniers, versekering, medies, skoolgeld, brandstof, nuwe graaf, verf ... Die lys hou net nooit op nie ...

Nou kry meneer R30 000 en mevrou R6 000. Is dit regverdig, Pa? As die uitgawes R35 000 is. bly daar vir elkeen net R500 oor. Wat de hel doen ek daarmee? Gee my iets om te betaal en te bestuur en bespaar sodat daar tog nog ’n kans is vir ’n ekstratjie ... net partykeer!”

Ek kyk na Pa wat my oopmond aanstaar, want ek gaan tekere soos ’n grammofoonplaat wat vashaak. Ek weet ook hierdie onderwerp is al holruggery en ek kan net nie die argument wen nie.

Pa laat sy kop sak, vryf ingedagte die moesie op sy voorhoof en kyk dan weer deur skrefiesoë na my.

Die highway tussen sy oë duidelik sigbaar, 'n teken dat hy diep dink en goed opgewerk raak ... vir my gekerm.

"Wat, Pa?" stoomtrein ek voort. "Is dit nie die man se voorreg om te sorg nie? Is dit nie wat Vader bedoel het toe Hy in 1 Tim 5:8 gesê het as iemand nie vir sy eie mense en veral sy huisgesin sorg nie, het hy sy geloof verloën en is hy slegter as 'n ongelowige. Die vrou sorg tog op ander plekke ... Pa weet dit tog."

Pa het ons van jongs af geleer dat mans die broodwinner in die huis moet wees. Dit het nou se jare die norm geword dat albei ouers werk. Vroue is bemagtig om onafhanklik te wees, maar hoe gemaak as die man sê helfte-helfte?

Ek weet dit is partykeer 'n sameloop van omstandighede buite 'n mens se beheer wat veroorsaak dat sommige mans nie werk nie. Tog is daar ander wat glad nie gepla is om by die huis te sit en niks doen nie. Hulle lam net aan terwyl die vrou haar doodwerk ... en wanneer sy tuiskom, moet sy kos maak en kinders leer ...

"Susaar! Sal jy nou stilbly en my ook 'n kans gee om iets te sê. Genade, jy glo jouself ... is jy bang ek oortuig jou dat jy verkeerd is? Luister tog en laat ons vir eens en vir altyd nou die onderwerp afhandel!"

Ek ken vir Pa, weet wanneer genoeg, genoeg is en besef dat ek nou moet stilbly en luister.

"Alhoewel die man 'n "hoër status" in die huwelik het as die vrou, is dit geensins so romanties vir die man soos dit moontlik mag klink nie. Met mag kom verantwoordelikheid. En daar is baie meer uitdagings as wat jy dink my kind!

"Meeste van die tyd draai geskille oor geld, nie eintlik om krediet of kontant nie, maar om vertroue of vrees. Byvoorbeeld, die man wat wil hê dat sy vrou rekenskap moet gee van elke sent wat sy uitgee, sê dalk in werklikheid dat hy min vertroue het in haar vermoë om die gesin se finansies te bestuur. Klink dit vir jou bekend, Susaar?

"En 'n vrou wat kla dat haar man te min spaar, gee dalk in werklikheid uiting aan haar vrees dat 'n toekomstige gebeurtenis die gesin finansiële skade en arm soos 'n luis op 'n kam kan laat.

"Die Bybel is nie 'n finansiële handboek nie. Maar dit bevat wel praktiese wysheid wat julle kan help om finansiële probleme te voorkom. Ondersoek dit en leer om kalm oor geld te praat, nie soos jy nou tekeregaan nie!"

"Ek gaan nie tekere nie, Pa, ek wil ..."

"By dié wat saam beraadslaag, is wysheid ... Jy gaan tekere, Susaar ... Weens jou agtergrond voel jy dalk ongemaklik om met jou man oor geldsake te praat. Nogtans sal dit wys wees as jy leer om hierdie baie belangrike onderwerp te bespreek.

"Sê vir hom watter invloed ons gesindheid teenoor geld op jou gehad het. Probeer ook verstaan hoe sy agtergrond sy gesindheid teenoor geld beïnvloed het.

"Julle hoef nie te wag totdat 'n probleem opduik voordat julle oor geld praat nie. As julle 'n vasgestelde tyd opsysit om oor geldsake te praat, sal julle die moontlikheid verminder dat misverstande tot twis lei.

“Besluit saam op ’n bedrag wat elkeen van julle mag uitgee sonder om die ander een te raadpleeg, hetsy dit R100, R1 000 of ’n ander bedrag is. Bespreek dit altyd eers met jou maat as jy meer as hierdie bedrag wil uitgee.

“Wanneer jul mekaar die vryheid gee om ’n sekere bedrag uit te gee sonder om dit eers te bespreek, is dit ’n bewys van julle vertroue in mekaar. Dít alles dra by tot ’n waarlik liefdevolle verhouding. So ’n verhouding is beslis meer werd as geld – waarom dan oor geld stry? Of wat dink jy, my kind?”

Ek gee ’n snork deur my neus oor Pa se gepreek. Klink heeltemal te veel of hy kant kies.

Die Bybel sê: ‘n Man is die hoof van sy vrou. Hy dra dus die grootste verantwoordelikheid vir hoe die gesin se geld gebruik sal word en is ook verplig om sy vrou op ’n liefdevolle, onselfsugtige manier te behandel.

Pa weet seker beter. Gee sy jare hom dan nie toestemming om steeds vir my te preek en my te tug nie? Ek besef ek sal moet rustig raak. Dit is nie ’n maklike taak nie, maar ’n besliste uitdaging.

“Jammer, Pa. Soos altyd is Pa reg. Ek weet ek maak ook baie foute. Maar sal Pa asb. steeds bid vir wysheid en insig? Ek het hulp nodig.”

“Rumsfeld het gesê: ‘Dit is nie foute wat krities is nie; dit is die regmaak daarvan en om met die hoofstuk voort te gaan.’ Gaan maak reg, Susaar, voordat die probleem handuit ruk. Laat God toe om aan jou menswees te beitel en jy sal sien, nuwe horisonne wag om ontdek te word."

"Dankie, Pa" sê ek terwyl ek, skaam oor my gedrag, opstaan en die huis instap.

"Ek is lief vir jou, Susaar," is al wat Pa sê

MaJaMe

My storie met ink uit elke seisoen.

Seisoene is volmaak, en met 'n doel ontwerp. En God onderhou dit. Kinders grootmaak is nie 'n grap nie, ook nie vir sissies nie, nè? Geen kitsresep beskikbaar nie. Nie eers op Google nie. Moet ons beplan? Dit sou sekerlik baie meer effektief wees as ons kon wag totdat ons genoeg geld gespaar het? Sal ons ooit genoeg bymekaar kan maak?

Deel van ons beplanning moet tog wees om grondliggende lewensvaardighede aan ons kinders oor te dra, bv. hoe om met geld te werk, voorbereiding vir hul toekoms, maar veral oor die besluite wat hul gaan neem; die oorsaak en gevolge daarvan. Ons kan vir hul die rigting aanwys. Dit bly egter 'n keuse wat hul self moet maak.

Ek kan nie onthou dat ons spesifiek hierdie vaardighede vir ons kinders geleer het nie. Ek dink die voorbeeld wat ons stel of gestel het, was die bloudruk.

Ons kinders doen soos ons doen.

Een ding is seker; die vreugde en liefde wat 'n kind bring kan nie gemeet of geweeg word aan enige geld of 'n tekort daaraan nie.

Ons liefde kruip saam met ons babas, stap saam met ons kleuters, hardloop saam met ons tieners; en dan staan ons eenkant toe om ons jongeling na volwassenheid toe, te laat loop.

Herfs

Wanneer herfs aanbreek, droog die somerreëns op en die bome gooi hulle beskermende kleertjies af. Uit klein saadjies, groei magtige bome!

My eersgeborene het baie jong ouers gehad. Bang en onseker soos almal maar met 'n eersteling is. Sy het eers as fetus en toe 'n kleine mensie, vir veertig weke lank alles saam met my moes doen en beleef. Lag, huil, bid en soms ook kwaad word. Alles eet waarvoor sy nie noodwendig lus was nie. Dalk ook nie genoeg gekry waarvan sy wel hou nie. Sy moes eet en drink wat vir haar opgedien word. Dit is hoe dom en oningelig ek was. Proefkonyn baba. Kry 'n mens so iets? Dit was 'n leerskool met die eie ek aan die stuur. Nee, ek jok, daar was twee van ons. Ouers doen vir hulle kinders, alles wat hulle dink húl ouers verkeerd gedoen het. Of so het ons gedink.

Ons wou haar alles moontlik wys en leer voordat sy drie jaar oud was, want, tot dan is hul soos 'n spons sê die geleerdes. Wil ons nie almal hê dat ons kinders die beste, mooiste en slimste moet wees nie? Was daar dan ooit 'n handleiding wat sê: so maak mens ...? Ons was nogtans baie opgewonde en nuuskierig! Hoe en soos wie gaan die bondeltjie lyk en na wie sal sy aard? Kinders erf mos 'n paar van elkeen van hulle ouers se gene?

En natuurlik is ons nie teleurgesteld gelaat nie.

Nadat al die allergieë uitsorteer is en rooibostee die belangrikste genees- en-voedings terapie vervang het, het die ouers 'n mate van volwassenheid bereik wat vrede oor die huis laat daal het. Sy, 'n allerliefste opvreetbare en tevrede blom. En kon ons pronk!

Dit is 'n onbeskryflike gevoel. Jy kan dit nie in woorde omsit nie. Jy weet ook nie hoe om genoeg dankie te sê nie. Dit, die lewe, is die grootste geskenk wat Vader aan jou kan toevertrou.

Die ou klein lyfie ... wat gebad, aangetrek en versorg moet word. Sommer meer as een keer per dag, want daar is so baie klere. Sy gaan nie tyd hê om alles te dra nie. Room en of olie oor die hele lyfie. Hare geborsel en gekrul. Dit is popspeel elke dag van vroeg tot laat. Jy is daar wanneer sy vir die eerste keer sit, kruip, opstaan en loop. Ons stry oor haar eerste woorde: was dit pappa of mamma?

Maar, tyd is iets wat sonder ophou voortstap asof daar geen einde is nie, en dit wag vir niemand nie.

Sy is geseën met uitsonderlike intellektuele vermoëns, maar wou nie na matriek gaan studeer nie. Is 'n paar dae voor Kersfees weg Holland toe om te gaan au-pair. Was dit maklik om haar te laat gaan? Vir seker nie.

Nadat sy, selfstandig soos ek nie kon droom om te wees nie, terug van Nederland af gekom het, het sy haar eie paadjie begin stap. 'n Mooi jong vrou. So trots op haar. Verantwoordelikheid gevat vir haar eie lewe. Ek onthou die trane voor sy weg is. Vrese, maar ook opgewonde oor vooruitsigte en verwagtinge wat jy nie van haar wou weerhou nie.

Ek bid en bid wanneer die verlange te groot raak, want 'n deel is uit my hart geruk.

"Ek het jou naam op seesand geskryf, maar die seewater het oor dit gespoel. Ek het jou naam in die lug geskryf, maar die wind het dit weggewaai. Toe besluit ek om jou naam in gebed te noem ... en die Here antwoord my: "Ek ken daardie naam, sy is kosbaar vir my en niemand sal haar uit my hand ruk nie."

Somer

Die seisoen het gedraai en ons het dit al lankal voorspel, want God het weereens getrou gebly en ook hierdie "Ek maak alles nuut..." uit Sy groot genade geskenk. Soos altyd. Hy het nog nooit 'n datum gemis nie en nog nooit die volgorde van die seisoene verander nie. Dis ook nie nodig nie, want Hy het dit volmaak ontwerp.

Toe het ons ons seuntjie gaan haal wat die trotse stamnaam moet voortdra. Dit was 'n tranedal van blydskap, want die selfaangestelde waarsêers: die oumas, tannies en vriende, het almal voorspel dat dit weer 'n dogter gaan wees. Hulle (ek ken hulle nie) sê 'n ma weet ... en hulle is reg, ek het geweet dis my seuntjie!

Sommer so, voordat die dokters nog die keisersnit kon begin, arriveer hy! Sonder om 'n geluid te maak ... vir eers. Toe die naelstring om sy nek eers verwyder is, het dit hom agtien maande gevat om sy asem terug te kry. Ons het behoorlik gedans. Alles probeer om daai pyn weg te kry. Bokmelk, tee, water, niks wou werk nie. Van voor af dom gevoel asof hý die eersgeborene is. Hy is einde ten laaste net op sy ma se boesem vasgeplak tot hy beter geraak het. Dit is daai geplakkery wat aan 'n ma se hart kom sit.

En toe na agtien maande sien ek eers my mooi blondekop groenoog seuntjie. Daar was nie vroeër tyd om hom mooi te bekyk nie. Ons het te veel gestres. Was bekommerd dat iets fout is. Gelukkig en dankbaar was ons toe die diagnose gemaak word. Koliek! Net soos sy ouma met sy ma gedans het. Nou was dit sy beurt. Besig, besig, baie besig, hou nie van stilsit nie. Vandag nog!

Hou van rugby en visvang, is baie sosiaal. Hou van maats, kuier en "brand name" klere. Hy verpes sy suster(s), en loop menigmaal deur. Partykeer onskuldig ook. Hy word sy pa se bul en doen net wat hy wil.

Ek het later ophou tel. Sy gat het behoorlik gebrand. Was vir hom jammer, want ek kon nooit die antwoorde in die boek opspoor nie. Was nog steeds dom, met die opvoeding storie ...

Hy het nogtans uitgestyg; en is boonop 'n baie "handsome" jong man. Vir almal gewys waar daar 'n wil is, is daar 'n weg. Wou niks weet van verder studeer nie, twaalf jaar was lank genoeg, dankie! Vandag weet en ken hy die antwoord op baie hoekoms en waaroms. Hy kan dieselfde dissipline toepas wanneer nodig. Ja, wanneer nodig, nie onnodig nie.

Baie keer gevoel ek het hom gefaal, nie verstaan of genoeg moeite gedoen om te probeer nie. Die moederlike instink en lief hê, soos net 'n ma kan, het staande gebly.

My intense, sensitiewe, onvoorspelbare, ontembare, minsame, individualis en speelse interessante seun! Jy is my spesiale "joy" vir altyd.

Ek is trots, baie trots op die man en die mens wat hy vandag is.

Winter

Die verkwikkende gevoel van koue lug wat jou longe vul.

Winter is 'n tyd om te leer. Ons leer van die skoonheid van eenvoud, die krag van veerkragtigheid en die vitaliteit van rus. Koue weer bring mense bymekaar, ons smag na warmte, liefde en verbintenis .

En op 'n dag, vier jaar na boetie, besluit ek toe, die Marena moet uit ... en ek haal haar toe sommer self uit, want ek was nog nie klaar nie.

Ons kry toe vir ons nog 'n baba sussie. En toe was ons vyf. Toe eers het ek vrede in my hart.

Ai, en wat 'n bondeltjie vreugde! 'n Selfontwerpte patroon van God af. Haar bloudruk bly by Hom. Daar is net een soos sy. My hart was vol.

Dit gaan beter met die ouers ook. Ons koop by voorbaat sojabone melk, want dit is wat die ander twee ook gedrink het, dit sal nou ook werk. Moet wel 'n klein operasietjie kry om die blaaspypies te rek, maar dit gaan goed. Sy was, en is nog steeds die mooiste mooi donkerkop dogtertjie. En die mees dankbaarste kind op planeet aarde. Tevrede met alles wat sy kry en alles wat sy het. Ek moes menigmaal keer, want almal wou haar steel. My hart loop oor van vreugde.

Klein, klein al, wil sy graag eendag soos haar ousus wees; hul het steeds 'n spesiale verhouding en is onafskeidbaar. Sy en boetie ook, al kon hy haar siel so uitrafel en haar stresvlakke die hoogte laat inskiet. Ek is so dankbaar vir my mooi omgee kinders. En my liefde vir elkeen ken geen einde nie, het geen perke nie.

Sy was lus om vir kleuterskooljuffrou te studeer, sy wou 'n juffrou wees. Sy vat die kans en doen dit. Partykeer word die mat onder ons voete uitgeruk sonder dat ons dit te wagte is en sonder dat ons dit verdien. Dan begin ons maar net weer van voor. Haar deursettingsvermoë het haar nog nooit in die steek gelaat nie. Mense wel, maar sy vergewe maklik omdat sy weet dat God dit van haar verwag. Gee aandag aan die stemme wat saak maak en stem die res uit. Aanhouer wen! My vier seisoene kind met die liefde in haar hart.

En steeds is sy 'n mooi mens. My mens! Binne en buite. Sy maak vir almal tyd en deel wat sy het, stel haarself altyd tweede, ongeag. Laat my so dink aan Joh 15:13: Groter liefde het niemand as dit nie, dat iemand sy lewe vir sy vriende gee. Glo niks sleg van niemand nie. Nederig en dankbaar met 'n rooi granaat-hart. Sy gee liefde in die oortreffende trap. Ongelooflik trots op haar.

Haar liefde vir diere het sy self aangeleer en is nou deel van wie sy is, en ek hoop, wie sy wil wees.

Dankie dat, toe ek gedink het my dae van ma wees is vir altyd verby, jy my gewys het dat die heel beste dae nog voorlê. Jy is kosbaar en jy is my mooiste baby blom!

Lente

'n Spesiale seisoen wat nuwe hoop, hergeboorte en skoonheid simboliseer. Soms is ons lank vasgevang in een seisoen, soms gaan ons deur al die seisoene in 'n baie kort tydjie. Soms kan ons net nie wag om met 'n seisoen klaar te maak nie. Dikwels raak ons seisoene deurmekaar en soms verander omstandighede ons seisoene in 'n oogwink.

Ek bring hulde, as 'n bewys van eer en waardering, aan jou wat ons geleer en liefgehad het.

Uit genade en deur geloof kom sê ek dankie Vader vir elke gawe en vir elkeen van my kinders. As ek niks anders reggekry het as dit, dat hulle vir U lief is nie, sê ek Deo Gloria. Aan U al die eer.

Nee meneer, ja juffrou

Nie alle kinders kan onderwysers se negatiewe en soms katterige op/aanmerkings hanteer nie ... Dit bly jou by tot die dag van jou dood en tot die dag dat dit aan jou kinders en/of kleinkinders gedoen word ...

Ek was in graad tien, skaam en teruggetrokke, 'n introvert ... Juffrou was mooi met lang swart hare, en swanger. Sy het 'n mooi rooi rok, wat los om die rondings van haar lyf hang, aangehad. Ek kon my vergaap aan haar mooi ...

Tweedelaaste periode voor langpouse het sy het die gekreukelde rooi rok oor die hoek van haar lessenaar oopgegooi en gesê ek moet kom help ... stryk asb.

Die volgende periode het ek voor die swartbord gestaan en moes 'n sin in fonetiese skrif oorskryf. Ek kon nie en sy het my met 'n ekstra lang liniaal in die waai van my bene geslaan ... die soom van my groen skoolrok met tye in die pad wat die houe erger laat klink het as wat dit was. Die vernedering het nie net die trane soos tuite oor my wange laat stroom nie, maar my ook herinner aan 'n amper identiese geval toe ek in graad een was.

Ek kan nie onthou hoe sy gelyk het nie, maar ek moes "gate" in haar hoog gekamde hare met 'n kam toehark en voor skool die stof op haar blink swart skoene afvryf.

Ek het by 'n maatjie afgekyk, dink ek, want wat anders kon so erg wees? Die rooi opgeswelde hale op my bene was so seer dat ousus Puma Balsem gesmeer het terwyl ek op my maag lê. Ons was in die koshuis. Of ek onnodig kleinserig was weet ek nie, maar die houe op my maer beentjies, die eie ek en my ego was fataal!

In graad een het juffrou geweier dat ek mag kamer verlaat. Omdat die kinders baie min was, was graad een en twee saam in een klas. Ek sou nie vra om te gaan as dit nie regtig krities was nie, want ek was te skaam. "Nee, jy gaan nêrens heen, sit!"

Die water het van my bankie afgedrup en ek het my kouse en skoene uitgetrek om die plassie te verbloem. Natuurlik onsuksesvol. Die uiteinde was dat ek die lag van die dag was. Nee, nie net van die dag nie, totdat ons die dag weggetrek het en op 'n ander dorp kon oorbegin.

Ek is nie 'n sielkundige nie. maar ek kan getuig dat party leerkragte 'n kind kan maak of breek!

Ek wil so vér gaan om te sê dat as jy arm is en een van baie kinders, daar meer op jou gepik sal word?

Skoolgeld vir byvoorbeeld vyf of ses kinders is baie en kan nie noodwendig bekostig word nie. Kinders kies nie hul ouers nie en het ook nie 'n sê in die beplanning van voortplanting nie?

Jy, meneer die skoolhoof, staan nie met saalopening, nadat jy 'n gebed gedoen het, en sê-vra voor almal vir 'n kind hoekom hy/sy nie so goed soos sy/haar sibling is nie. Jy vra ook nie hoekom die ouers nie ophou teel nie ...

Het jy mnr/mev/juf, ook nie geleer dat kinders nie met mekaar vergelyk moet word nie? Het jy vier jaar universiteitsopleiding gehad? Dalk meer? En dit nie geleer nie?

Skort daar nie eerder iets met jou opvoeding nie geagte opvoeder?

Gelukkig is daar ook engele ... engele wie se werk en leerders hul passie is! Ek kan ook van hul liefde en genade getuig. Vir hulle sê ek dankie!

Peninnah

Dit is vroeg oggend. Die lug rooi en bewolk. Ek gooi die geel saffraan gekleurde sluier oor my lang donker hare en stap in die rigting van Gilgal. Dit is markdag en daar word verskeie nuwe goedere, insluitend koring, heuning, olie en 'n nuwe gekleurde weefstof te koop aangebied. Ek wil graag vir Elkana 'n nuwe bokleed maak. Dalk kyk hy met ander oë na my. My gedagtes vandag weer 'n donker wolk. Sal daar ooit vir my vergifnis wees? Ek voel kragteloos en geroof van my lewensvreugde, gemeen en wreed. Jaloesie veroorsaak bitterheid, en die gevolge daarvan is enorm, dit laat jou in die genade veragter.

In 'n eer-en-skaamte-kultuur soos Israel, is dit vir 'n vrou 'n skande om nie kinders te hê nie. Kinders het twee funksies: om die grond in die familie se besit te hou en om vir die ouers te sorg op hulle oudag. Dit is gelukkig nie een van my probleme nie. Kinders het ek genoeg.

Ek is die tweede vrou van Elkana. Hy het nog 'n vrou. Hannah. Sy kan nie kinders baar nie. Ek irriteer, lag en spot haar sonder skaamte, het 'n gebrek aan deernis. Die rede? Ek is die minste geliefd of gunsteling vrou. Was daar dan al ooit 'n man wat ware liefde vir twee vroue tegelyk kon voel?

Twee of meer vrouens vir een man op dieselfde tyd is 'n wenresep vir jaloesie en selfsug en is beslis nie wysheid wat van God af kom nie. Dit is aards. Dalk eerder demonies, want waar jaloesie en selfsugtige ambisie is, daar is wanorde en allerhande gemene dade.

Ek is hierdeur besoedel.

Was Hannah dan nooit eers 'n bietjie jaloers toe ek by hulle ingetrek het nie? Ek dink dat dit eerder abnormaal is om onder sulke omstandighede nie jaloesie te beleef nie. Ek onderdruk die knaende gedagte dat sy dit nie verdien nie. Sy is steeds Elkana se eerste keuse.

Ek stop om die riempie van my sandaal, om my enkel, stywer vas te maak en kyk versigtig op toe ek iemand se voete langs my sien staan. Toe ek opkyk in Elkana se hartseer oë, wou ek dadelik weer begin aanstap, maar hy sit sy hand liggies op my skouer, 'n teken dat hy iets op die hart het.

"Peninnah, wanneer gaan jy Hannah aanvaar, haar met die respek behandel wat sy verdien?"

Ek wou eers terugpraat, alles ontken, maar wag met opstandige onderdanigheid dat hy klaar praat. Hy is reg. Ongeag hoe my gewete my ook al pla, hou ek eenvoudig nie op om haar hart te breek en kwaad te stook nie. Het ek Elkana dan nie net gister met haar hoor praat nie? Het hy dan nie vir haar gevra of sy liefde meer werd is as tien seuns nie? Ek ken hom goed. Magteloos oor haar kinderloosheid, wou hy opmaak met sy liefde aan haar. Hy het dus gedoen wat die meeste verliefde mans doen. In sy poging om vir Hannah te wys hoe hy haar meer liefhet, het hy haar met geskenke oorlaai. So ook met die offervleis wat hy jaarliks huis toe bring. Hannah kry dubbeld soveel meer as ons, so asof sy wel kinders het.

Ek antwoord hom nie, hou my doof soos 'n klipsteen.

"Daar is 'n storm op pad, moenie te vêr loop nie" sê hy en ek draai om, stap neus in die lug terug huis toe. Geen weefstof en beslis geen nuwe bokleed vir jou nie, prewel ek saggies. Elkana skud sy kop en stap stadig terug in die rigting van die graanskure.

Hannah kan vir dae aanmekaar huil en dit irriteer my grensloos. Sy het selfs al opgehou eet. Dit het Elkana nog meer besorg oor haar gemaak. My vermakerigheid oor haar onvrugbaarheid het haar innerlik verwond en selfs haar man se liefde kon nie daarvoor kompenseer nie.

Terug by die huis gaan ek uitgeput en moedeloos op die matjie voor die maalsteen sit. Die brood moet op die vuur kom.

En so hink ek daagliks op twee gedagtes. Wat en waarheen nou? Eli het by die vorige gebedsgeleentheid oor jaloesie gepraat. Dit is 'n destruktiewe hartsingesteldheid, het hy gesê. Ten diepste is die jaloerse persoon uiters selfsugtig. Ek weet ek is die skuldige een; omdat ek voel ek is van iets ontneem. Liefde kom tog van twee kante ... En dit gaan vir jare al so. Ek onthou ook weer van die sogenaamde vergunning dat wanneer 'n man die veld teen sy vyande inneem, mag hy (die Israelitiese vegter) seksuele verhoudings hê met 'n pragtige gevangene uit die geledere van haar teenstander, mits hy verower is. Dit is waar ek in hierdie hartseer prentjie pas.

Sal hy vergeet dat wanneer 'n man twee vroue het, een geliefde en een minder geliefd (of dalk gehate), mag hy nie die kinders van die geliefde vrou bo die van die ander een bevoordeel nie? Natuurlik het ek ook daarvoor 'n vrees. Dit is tog ook sy kind!

Die uiteinde daarvan dat ek Hannah so gemartel het was dat ek self dieper in die gat wat ek vir haar gegrawe het, gesink het. Ek het hooploos en depressief begin raak. Alles kom teen 'n prys.

Hannah is tempel toe in Silo waar die verbondsark en die tent van ontmoeting gestaan het. Ek kon nie alles hoor wat sy sê nie, want sy het bitterlik geween. Sy het by die ingang van die tempel gaan staan en dit het geklink asof sy 'n gelofte aan die Here doen. Ek het soos gewoonlik in my mou vir haar gelag. Wat se belofte kan tog vir God aanneemlik wees? Ek dink priester Eli het ook gedink sy is nie by haar positiewe nie, dalk dronk?

Ek sou later eers hoor wat die rede vir haar gesprek met God was. Sy het gevra vir 'n manlike kind. Sy het belowe sy sal hom teruggee om sy lewe aan die Here te wy ... en dat geen skeermes op sy hoof sal kom nie.

Ek het bedroef en angstig geraak, want ek het 'n gevoel gekry dat toe Eli haar wegstuur, hy haar geseën het sodat sy sal kry waarvoor sy gebid het.

By die huis in Rama gekom, het Elkana sy vrou Hannah beken en die Here het aan haar gedink. Sy het by die wisseling van die jaar 'n seun gebaar. Sameul.

Ek besef vandag dat God haar skoot vir 'n rede gesluit het, dat sy moes wag tot die tyd reg is. Sy tyd en ons tyd is nie dieselfde nie.

Ek moes leer om vergenoeg te wees met die omstandighede waarin ek was; hoe Hannah moes voel om verneder te word, fisies en emosioneel. Ek bid dat sy genade ook vir my genoeg sal wees.

Eli het Elkana en Hannah geseën. Sy het nog drie seuns en twee dogters vir hulle gebaar.

Ek, Peninnah, moes op die harde manier leer. Die Here maak dood en Hy maak lewend. Hy maak arm en Hy maak ryk. Hy verneder en ook verhoog Hy. Die goddelose mense kom om in duisternis.

1 Sameul 2; Deut. 21

Radio stokoud sonder grense

"Nee! Ek is nog te jonk om grys te raak, kyk ..." en ek maak 'n paadjie in my hare om my standpunt te staaf toe Kitty vra wanneer ek dan gaan ophou kleur. "Die paar strepies wat jy wel daar sien het die kinders my besorg, niks met ouderdom te make nie! Ek het my pa se gene. Hy het eers op sewentig begin grys raak. Ek kleur net omdat ek sulke muisvaal kleur hare het."

Ek hou my horende doof toe vriendin deur haar neus snork. Sy is net jaloers. Spog verniet met haar grys "kroon". Sy lyk beslis twintig jaar ouer, maar daaroor sal ek liewer nie 'n woord rep nie.

Die bejaardheid het ons onverhoeds oorval. Oudword is nie vir sissies nie en dit is die waarheid. Ons klou gewetenloos vas aan ons verlore jeug. Die illusie van altyd jonk bly met al sy voordele en geleenthede daaraan verbonde het gouer verbygegaan as wat ons kon dink of voel.

Ek ruk amper my servikale werwels uit posisie toe vriendin die ritmiese hoorbare sametrekkings van haar diafragma vrye teuels gee. Sy skater behoorlik van die lag. Skoon van my venynige wysie af giggel ek toe maar saam skaam oor my geniepsige gedagtes.

"Ai, Klara, waarvoor is jy bang? Om oud te word is 'n voorreg. Ons is wel nou in die kieriekoshuis, maar ons is blakend gesond, sonder pyn of ipekonders. Jy was nog altyd 'n sieletjie sonder sorge, moenie dat jou vrolikheid afslyt nie.

"Ek weet en jy is reg, Kitty, soos altyd. Ek is net nog nie gereed nie. Dit het my jare geneem om aan die transformasie, van bleeksiel tot klasnar, gewoond te raak. Ek bly vir eers nog 'n glinsterende blink brunet. Reg?"

Kitty glimlag en gee my hand 'n drukkie. "Reg so, vriendin, ek wag vir jou."

Die etensklok lui en ons staan op van die bankie in die gang wat ons die wagkamer gedoop het, stap dan hand aan hand eetsalon toe. Van jongs af al "besties"! Saam busstop toe gestap, saam vakansie gehou. Later mekaar se strooimeisies gewees, saam kinders grootgemaak en boonop ons belofte, om saam die Rubikon oor te steek na dieselfde aftreeoord toe gestand gedoen.

"Goeiedag, dames." Dis Kerneels Kotze van blok D oorkant die kantoor. Ons groet in 'n koor, alt en sopraan, en loer sonder om ons koppe te draai fronsend na mekaar. Ek draai eerste my kop weg toe ek voel hoe die lag hier vlak in my keel kom lê.

Toe Kerneels buite hoorafstand is, vra ek met 'n hol kol op my maag: "Het jy dit ook gesien, vriendin? Het die man gedoriewaar sy wilde woeste snor, swart gekleur?"

Kitty lag geluidloos, soveel so dat die trane oor haar wange loop en vroetel in haar goed bedeelde boesem vir haar sakdoek. Met haar ander hand knyp sy haar neus en mond toe om geluide wat moontlik kan ontsnap, te demp.

“Nee man. Dis mos nou orig! Is daar niemand wat hom kan reghelp nie? Weet hy hoe dit lyk? Weet hy hoe dit hóm laat lyk?”

Ek bly vir ’n oomblik stil en kyk verward rond of ek hom gewaar. Darem net seker maak hy het my nie gehoor nie. Net toe tref dit my soos ’n weerligstraal.

“Kitty ... Kitty, sê asseblief vir my, lyk ek ook so ... sleg? En ek praat nie van my uitstaan boude soos ’n melkkoei nie! My hare, Kitty?”

Kitty verstik nou behoorlik aan haar spoeg soos sy lag en draai weg van die deur af. Ons loop ’n paar treë in ons spore terug. Die gelag sal nou moet stop anders bly ons sowaar vandag sonder kos. Matrone, ’n regte sersant-majoor, sal nie ons verspottigheid duld nie.

Kitty se lag is so aansteeklik, dat ek kan nie help om saam te lag nie, al kan ek steeds nie my oë glo nie. Wat het die man besiel?

Matrone se “dames?” het ons ons lag vinnig laat sluk. Ons draai bedees en gedienstig, asof botter nie in ons mond kan smelt nie, terug eetsaal toe. Seker een van die etes wat ons die mees slegte spysvertering ooit gegee het. Ons het onsself egter halfpad deur die ete verskoon en is al proestende met ’n “praat later” terug na ons onderskeie woonstelle toe.

Vyf minute later, ek kon nie langer wag nie, haal ek steeds honger, twee pasteie uit my vrieskas en drafstap na Kitty se plek toe.

"My lag raak nie op nie, Klara," sê sy toe ek in die deur verskyn en sy bars in 'n hernude stortbui van lag, hoes en proes uit.

Ek sit die pasteie in die lugbraaier en daarmee saam skakel ek sommer die ketel ook aan.

"Jy sal nou net móét einde kry, Kitty, want ek wil eet en dan alles weet. Vandag moet jy eerlik wees soos nog nooit tevore, anders gaan jou kierankies braai.

Kitty loop verby badkamer toe, waai met haar hand in die lug. Ek hoor haar die kraan oopdraai en ... lag die vrou sowaar nog steeds ...?

Toe sy weer by my in haar kombuisie aansluit, het sy net 'n glimlag op haar gesig, koel soos 'n komkommer. Die lag onmiskenbaar steeds in haar oë.

"Natuurlik lyk jy nie soos Kerneels nie, vriendin, wat dink jy? Jou snor is ten minste gebleik."

Ek trek my asem in, my oë groot soos pierings van verbasing; voel-voel met my duim en voorvinger oor my bolip en die onderkant van my neus. Ek besef betyds dat sy besig is om my siel uit te rafel en lag net effentjies, soos 'n boer met tandpyn.

Kitty gaan doodluiters voort, asof daar oënskynlik geen risiko aan verbonde is nie. Die glimlag op haar gesig baie suspisieus. Besef sy nie hoeveel waarde ek aan haar antwoord heg nie? Dit kan groot skade aan ons jarelange vriendskap berokken.

"Kerneels se snor steek vyf sentimeter weerskante verby sy mond en krul dan op tot amper op sy wangbene. Dit is die oortreffende trap van swart soos swart nie kan wees nie! Hoe hy dit in elk geval regkry dat die snor daar bly lê, of staan, weet net hy alleen. Dalk 'n blik haarsproei iewers in sy kas weggesteek? En ek moet sê, die swart teen sy bleek gesig lyk regtig ook nie goed nie. Onnatuurlik onaardig sê ek jou. Party ouer mans lyk nou eenmaal maar net beter met grys gesigshare. Wat dink jy?"

Toe ek nie dadelik antwoord nie, kyk sy gemaak grootoog na my. "Jammer, vriendin, ek weet jou visier was op hom ingestel ..."

"Kitty! Moenie dat ek my vandag vir jou vererg nie. Jy kan die leeueaandeel maar vir jou vat. Hy het hol wange soos 'n toegeslane brood! Nie my tipe nie, vriendin. Ek is buitendien klaar met mans!"

"Kom nou, Klara, behalwe vir sy snor is hy 'n man van sesse, klaar. Hy is baie bekwaam. Jy weet tog."

"Sal jy nou ophou om my in die maling te neem, Kitty, en vir my sê of ek moet ophou om my hare te kleur. Is ek ook 'n seeroog vir die mense om ons?"

"Liefste sensitiewe Klara vriendin, nee. Jou hare is soos jy: pragtig en stylvol. Jy is nog jonk genoeg om te kleur en as jy dit kan bekostig, hoekom nie? Jy weet hoe ek voel oor 'te'. Te donker, te maer, te veel ... en jy is intelligent genoeg. Jy sal weet wanneer die tyd daarvoor aangebreek het. Ek vertrou jou daarvoor ... anders sal ek jou maar net begin vermy totdat jy die boodskap kry."

Ek haal diep asem en kyk agterdogtig ondersoekend stip in Kitty se oë, draai om en haal haar duur koppies uit die kas; skakel die ketel vir die tweede keer aan.

Vir eers is ek tevrede, maar besluit toe om volgende keer ’n skakering of twee ligter te gaan, net ingeval ...

“Dankie vir jou eerlikheid, vriendin. En jy lyk nie regtig twintig jaar ouer met jou silwer hare nie, net tien jaar ...” maak ek asof ek weet sy kan gedagtes lees. “Kom ons drink ’n teetjie en eet ’n pasteitjie.”

Kitty lig haar ken, kam haar hare met haar vingers agtertoe en steek haar tong vir my uit. Sy leun nader aan my en sing saggies: “Jealousy makes you nasty!”

Ons lag kan ten minste twee woonstelblokke ver gehoor word. ’n Regte bende van Kardoes. Rumoerig, al is ons net twee. Radio Stokoud gons weer vandag sonder grense oor Kitty en Klara se kaskenades. Maar ons is wie ons is ... en, gee ons om?

Rooi hakskeentjies

Goed ... Wat het 'n vreemdeling se glimlag en my libido in gemeen?

Ek weet ook nie, maar toe ek met betraande oë opkyk, sien ek hom half eenkant aan die oorkant van die graf staan. En hy glimlag, o so mooi, vir my dat my bene soos jellie word. Ek blaas my neus en probeer hom ongemerk dophou.

Hy is langer as die normale "long, tall, dark and handsome" prentjie in my kop, met die mooiste blou oë en spierwit glimlag wat ek nog ooit aan 'n man gesien het! Hy het 'n donkerblou geruite hemp aan en 'n denim wat span daar waar dit saak maak! Sy ligbruin skoene verseker 'n nommer twaalf. Dit moet wees, want ek voel aan my hart hoe hy vastrapplek soek. My ore suis en slaan toe, en hier staan ek met my snot en betraande gesig en huil oor Oupa wat die tydelike met die ewige verwissel het! En my hart is baie seer oor my oupa. Hy was my veilige hawe, van kleintyd af.

Die begrafnisgangers sing die slotsang, Nader my God, maar al wat ek hoor is Konan Keating se *If tomorrow never comes!* Naby genoeg, dink ek sondig en vra sommer dadelik om vergifnis!

Ek sal nou nie sê sy kyk wil my uit my klere kry nie, maar die vet weet, hy kyk vir my diep, hoor! Sensasionele bondels energie vloei vir seker deur ons liggame. Ons hartsentrum het so uitgebrei dat dit enige oomblik in 'n vulkaan kan uitbars, ek kan dit 'n myl ver voel. Dit voel of 'n magneet ons na mekaar toe trek. Elke sel in my liggaam is polsend en lewendig. Dit alles gebeur binne sekondes. Is dit moontlik?

Ek begin lêers in my kop oopmaak oor waar hy in Oupa se prentjie pas. Sal hy familie van die familie wees? Vriende of dalk net 'n kennis? En hoekom sien ek hom nou eers? Fokus Mona, en hou op die man so aangaap. Hy lig sy hand in 'n groet en ek knik net my kop in erkenning.

By oupa se laaste partytjie in die kerksaal gaan poeier ek vinnig my neus en sit vars lipstiffie aan, mens weet nooit. My dikgehuilde oë al soekende tussen die tafels en stoele deur.

Na wat vir my soos ure voel het, sit ek weer my donkerbril op, net ingeval iemand wonder na wat of wie ek so naarstigtelik soek! Hy het sowaar soos mis voor die son verdwyn. Rerig? Ek hallusineer verseker nie, my lyf sê so!

Ek is traag om saam met die res van die gesin huis toe te ry, sê nou hy het by die graf agtergebly om te help toegooi. Sê nou hy soek my wanneer hy hier aankom en ons mis mekaar vir altyd? Ek vra vir Pa of ek nie maar saam met ousus kan terugry nie, maar sy het ook soos 'n groot speld verdwyn.

Ek begin van voor af snik en Ouboet sit sy arm beskermend om my skouers. "Toemaar, Mona, hy is nou op 'n beter plek," troos Ouboet in 'n growwe, dik van die trane, stem. Ek laat hom maar dink die nuwe oorstromings is oor Oupa!

Agt-en-dertig jaar later sien ek hom weer! Weer by 'n familie begrafnis. Sy glimlag nog net so mooi! Die res van sy het lyf het egter 'n gedaanteverwisseling ondergaan. Saam met die vrou wat aan sy arm hang, hang daar ook, wat lyk soos 'n nege-maande-swanger magie, onder sy loshangende hemp uit!

Die keer gluur ek hom van agter my donkerbril aan, al kan hy dit nie sien nie. Dalk het hy my nie herken nie? Ek het jare lank vir hom gewag, van hom gedroom, onder die sterre met hom gedans. Ek het gedurig deur oral oor my skouer gekyk, gesoek en gehoop op 'n wonderwerk. Ek was seker dat daardie kyk destyds, so goed soos 'n huweliksaansoek was.

Ek voel meteens terneergedruk en somber, tegelyk kwaad en jammer vir myself. Dit moes ek gewees het wat langs hom stap. Nie waar nie?

Dit moes nie ek gewees het nie, nee, dit was so bestem. My enigste seer vandag is dat ek soveel tyd gemors het deur aan hom te dink.

MZN (man zonder naam) jy sou dit nie gemaak het nie. Dit was net 'n droom van 'n bakvissie tienermeisie wat gelukkig nie waar geword het nie. Ek het baie meer as dit gekry en beleef. 'n Man wat my voete onder my uitgeslaan het. Ek het nie woorde om te beskryf hoe diep ons liefde vir mekaar is nie. Hy is die rede vir my glimlag.

Wat sê Horak?

"Segen Vader gewe wei ete en laat wei u nimmer vergete. Segen de hande wat het voedsel berei het en maak wei ewig dankbaar daarvoor. Amen."

Ek glimlag vir Pa, gooi my servet netjies oop op my skoot en tel my mes en vurk op om te begin eet. Die beesstert ruik ongelooflik lekker! Dis nou een ding van Pa, hy ken vleis en mag maar kook!

"Ek hoor hier is 'n nuwe dominee in die dorp," sê-vra ek vir Pa terwyl ek konsentreer op die sny van my vleis en kyk dan weer op na Pa wat al begin kou aan die eerste happie. Die vurk lyk klein en ongemaklik in sy groot bruin songebrande hande.

"Ja, maar eet eers klaar voordat jy begin met jou stories," sê Pa en ek wil my sommer vir hom wip. Ek is wel sy kind, maar ook nie meer 'n kind nie. Hy kan regtig partykeer met my praat asof ek nog 'n klein dogtertjie is. Ek besluit om die opmerking te ignoreer en gesels verder asof ek hom nie gehoor het nie.

"Hy spog glo by tannie Mara dat hy soveel mag het, dat dit hom eintlik bang maak. Pa, onthou sy is die administratiewe klerk by die Wes gemeente?"

Pa trek sy ooglede in driehoekies en ek kan sien dat ek nou sy aandag het.

"Ja? Mag oor wat of wie? Is hy nou die koning dat hy mag oor sy kerkraad, of dalk net die gemeente het? Onderdane? Ek dog nog altyd 'n predikant is 'n persoon wat sy gemeente op geestelike vlak bedien en lei. Van waar die mag? Of bedoel jy eintlik gesag?

En is ou Mara bitterbek sowaar nog steeds die skriba? Ek het gedink sy ..."

"Pa? So sonder respek? Ek glo nie wat ek hoor nie!"

"Ag toe nou, Susaar, dis maar net oor haar naam. Ek bedoel niks sleg nie. Ek wou sê, ek het gedink sy het al lankal die pad gevat. Sy was heeltemal te veel van 'n kermkous oor ou prof Jopie met sy tradisionele en lang, eentonige preke! Maar ek moet darem sê, ek weet sy is nie iemand wat stories opmaak nie, dus kan daar waarheid in steek, jy weet, dat hy wel so iets gesê het?"

"Nee, Pa, sy sê mág. Lyk my hy dink hy het die vermoë om sy wil op die mense en sekere sake op die agenda af te dwing en te manipuleer, en moontlik téén die wense of belange van ander gemeentelede. Dit onderskei dit self van gesag omdat gesag wettig is."

Pa sit 'n beentjie wat hy klaar afgeëet het eenkant op sy bord neer en vee sy hande met die nat vadoekie af.

"Wil sy nou sê die man is met onwettige dinge besig, Susaar? Dis 'n baie gevaarlike stelling om te maak. As hy regtig soveel mag het moet Mara maar solank begin om haar goedjies op te pak. Foeitog, die arme vrou se senuwees gaan dit dalk nie hou nie."

Ons eet, diep ingedagte, verder en toe Pa beduie hy gaan stoep toe, knik ek my kop en sê ek ek bring die koffie. Hierdie gesprek is nog lank nie verby nie. Die skottelgoed sal moet wag.

Ek sit Pa se koffie voor hom neer en val toe sommer ook met die deur in die huis terwyl ek langs hom plaasneem

"Pa? Is, of voel party mense geroepe om 'n prediker te wees, of te word, terwyl ander dit bloot sien as 'n beroep? Ek weet ons het van kindsbeen af ál wat 'n dominee is op 'n voetstuk geplaas. Gedink hulle is van die Here self gestuur; dat hulle heilig en sonder sonde is. Ek het nie gedink party van hulle vertel ook leuens nie, maak hul skuldig aan manipulasie, het buite-egtelike verhoudings, misbruik drank, steel, vloek en raas ook soms soos ons "gewone" mense nie. Grieta by Wes Motors sê prof Jopie het sy voertuig vir 'n diens gevat en weer teruggebring toe daar 'n olielek op sy garage se vloer lê ... Die mense by die werkswinkel glo uitmekaar gevloek daaroor!"

"Ek het nie besef dat hulle net sulke mense soos ons is nie. Ek is nét so teleurgesteld soos die volgende persoon dat hulle wat ons herders moet wees, wat sewe jaar gaan leer het hoe om óns te leer, ook baie sondig. Dis vir my hartseer, Pa ..."

"Susaar, vanuit die staanspoor sal heelwat mense, ook ek en jy, redeneer dat ons nie geroepe is nie en teologiese studies dus nie vir ons van waarde sal wees nie. So, om jou vraag te beantwoord: 'n Mens hoef nie vir die bediening geroep te wees om Teologie te studeer nie. As jy dink dit kan jou finansiële sake bevorder, dalk jou vrieskaste en drankkabinet vol hou, doen dit. Maar jy sal eendag rekenskap moet gee. Vader sal wil weet. Gelukkig is hulle soort in die minderheid, hoop ek.

"Ek moet vir jou , my kind ... ek en jy word ook geroep om 'n akkurate verstaan van God te hê. 1 Petrus 3:15 wys ons ook daarop dat ons tot verantwoording geroep kan word.

"Maar heilig die Here God in julle harte en wees altyd bereid om verantwoording te doen aan elkeen wat van julle rekenskap eis omtrent die hoop wat in julle is, met sagmoedigheid en vrees; met behoud van 'n goeie gewete..."

"Teologiese studies is tog die gereedskap om juis hierdie verantwoording beter en beter te kan doen. Dit is waarvoor ons hulle, die predikante en pastore, vertrou, dan nie? Ek wonder baie keer of dit die waarheid is dat dit juis dominees is wat mense uit die kerk dryf en maak dat ons op ander plekke woord gaan soek; wat maak dat ons kerke leegloop, en of ons maar net verskonings uitdink en lui geword het ..."

Pa suig aan sy leë pyp en vryf aan die muistepel-moesie op sy voorhoof.

"Maar, Pa, is teologie nie dié besonderse vorm van Verbondsonderrig nie? Of behels dit eerder die ervaring van die gemeenskap van gelowiges, die oordra van kennis van God van een geslag na die ander op 'n besonderse manier? Waar staan dit dat: *yster slyp yster, so slyp een mens die persoon van die ander*? Persoonlik dink ek, Pa, dit gaan nie bloot oor kennis van die Skrif nie, maar oor 'n lewenswysheid.

Word ons geleer om ons lewens tot eer van God te lei en doen die predikante dit? Stel hulle die voorbeeld?"

"Luister, Susara, ek kan hoor jy sukkel met iets of iemand, en dit is beslis nie net oor wat Mara jou vertel het nie. Is jou probleem die mag wat die man dink hy het of die predikant self? Ek weet jy dink, net soos ek ook maar, allerhande verskonings uit om nie kerk toe te gaan nie. Ek weet wat my verskoning is, maar wat is jou probleem? Ek het julle dan grootgemaak om die samekomste by te woon? Hoekom gaan sien jy nie die nuwe man nie? Wat het jy om te verloor? Jy is klaar kerklos. Baklei dit met hom uit. Predikante is wel net sulke mense soos ek en jy. Die hoeveelheid mag wat hy het is net soveel soos wat die kerkraad of gemeente hom gee of toelaat. Dit is heel waarskynlik hulle wat hom laat glo hy loop op water. Of hulle vir sewe jaar geleer het al dan nie, hulle maak ook foute. Een ding is seker, hy het nie die mag om ons, wat onder God se genade en beskerming staan, te breek nie. God sal dit nie toelaat nie. Hulle plaas hulself dalk ewe hoogmoedig op 'n voetstuk, maar ek en jy weet mos van beter. Ons weet wat ons weet ...

"Onthou net nog dit, my kind. Alle Christene en nie net predikante nie, word geroep om God op alle terreine te verheerlik. Ons kan dus nie net met teologies-akkurate predikante volstaan nie. Veral die wat preek wat ons wil, en nie moet hoor nie. Ons moet mik vir 'n wêreld waar getuienisse van God nie vermy kan word nie. Ons moet mik vir 'n wêreld waarin Christene in die klaskamers, in die filmbedryf, in sport, ja, in elke gebied groot rolspelers kan wees, sodat daar oral en altyd die kreet gehoor sal word: “Soli Deo Gloria! Aan God Alleen die eer!”

“Kom ek en jy gaan doen soos Hy beveel het en los die mannetjies wat na mag soek, vir God se oordeel, want dit sal gebeur, God sal van hul rekenskap vra! HY is ons Vader tot in ewigheid.

“Ek gaan môre gif koop by die koöperasie en sal by Mara ’n draai gaan maak, haar dalk nooi vir koffie. Dit voel vir my daar is baie meer om oor te gesels as net onse dominee sê, mag ...”

“Pa ... wag. Moet nou nie weer gaan ‘stir’ en pa skuldig maak aan ’n geskinder nie.”

Pa tel sy hoed van die grond af op en loop kraal se kant toe; waai soos wafferse koning sy hand deur die lug. Gesprek afgehandel!

Ek sal tannie Mara moet waarsku dat pa op pad is. Ai, as ek ook net partykeer my mond kan hou!

Ek staan op en stap kombuis toe. Die skottelgoed wag.

Ouma se klokkie

Ek onthou daardie klokkie presies soos ek onthou hoe om asem te haal – sonder om te dink, sonder om te probeer. Dis net daar. In my ore. In my hart. 'n Klank wat deur tyd loop en my elke keer terugbring huis toe.

Dit was nie groot of indrukwekkend nie. Net 'n klein silwer klokkie met 'n sagte ping, soos 'n reëndruppel wat teen 'n sinkdak tik. My ouma San het hom altyd op 'n spesifieke manier gelui – nie vinnig nie, nie luid nie. Net een keer. Lig, maar beslis. Soos iemand wat my 'n sagte drukkie gee en sê: "Kom nou, alles gaan regkom."

Sy't hom op Vrydae gebruik. Vyfuur, op die kop. Of ons nou in die tuin was, op die stoep besig met legkaarte of op die kombuisvloer met nat voete en skoene vol modder – as daardie klokkie gelui het, moes ons stop waarmee ons besig was. Dis was *klokkietyd*.

Ons het nie altyd verstaan hoekom nie, veral nie toe ons klein was nie. Dit was net iets wat sy gedoen het. Soos konfyt kook of Bybel lees met haar lippe sonder klank. Maar met tyd het ek agtergekom – daardie klokkie het tyd gestop. Of eerder: dit het 'n nuwe soort tyd begin. 'n Stilte tyd. 'n Heilige, gewone tyd.

Sy het altyd gesê: "Dis nou die tyd vir Dankie."

Nie 'n lang gebed of 'n gesing nie. Net een sin. Een gedagte. Een ietsie waarvoor jy vandag dankbaar is.

"Moenie dink dit moet groot wees nie," het sy gesê terwyl sy oor die rand van haar voorskoot gestreel het. "As jy net vir die suiker op jou pap vandag wil dankie sê, dan is dit genoeg."

My boetie het een keer gesê: "Dankie dat ek nie vandag by die skool gebraak het nie."

Ek het gesê: "Dankie vir die nuwe kleurkryt."

En sy het gesê: "Dankie dat God vandag weer asem in my longe sit."

En dan't ons almal vir 'n rukkie stilgebly. Nie ongemaklike stilte nie. Die soort wat jou arms sag maak en jou hart oop. Ek het as kind nie die woorde gehad nie, maar ek het geweet: hierdie oomblik is belangrik. Hierdie oomblik maak my mens.

Ouma was nie 'n vrou van dramatiese verklarings nie. Sy't haar liefde in lae afgesmeer – in brood, in tyd, in warm water vir ons voete. Haar huis het altyd geruik na boegoe en varsgebakte roosterkoek, en op die rak by die stoof het daardie klokkie gestaan, op 'n houtblokkie met 'n uitgekerfte granaatjie op.

"Hoekom 'n granaatjie?" het ek eenkeer gevra.

Sy't haar bril reggeskuif en gesê: "Want elke pit is soos 'n genade. Baie, klein, vol lewe. Jy weet nooit presies hoeveel nie, maar God weet. En dis altyd meer as genoeg."

Ek't dit nie toe verstaan nie. Ek wou net weet of ek nog konfyt kon kry.

Sy is oorlede op 'n Dinsdag. Dinsdae het vir my daarna nooit weer reg gevoel nie. Dit was 'n helder oggend, skaars 'n wolk in die lug. Ek was in

Johannesburg toe my ma my gebel het en gesê het: "Sy't vanoggend vroeg stil gegaan."

Net dit. Geen drama nie. Net stilte.

Soos sy was.

Ek het daardie naweek teruggegaan plaas toe. Ek moes haar kas uitpak – nie vir geld of erfgoed nie, maar vir die laaste stukkies van haar: gebreide serpies, 'n bottel laventel, 'n koekblik vol resepte wat sy nooit regtig gebruik het nie, net gebêre vir ingeval.

En toe – daar, tussen 'n Bybel met bladsye wat soos bloeisels losgekom het – het ek hom gekry. Die klokkie. In 'n lapsakkie. Ek't hom opgetel, stadig, soos mens 'n baba optel wat slaap. Ek het hom teen my oor gehou. Lig geskud.

Pingggg.

Toe kom dit. Al daardie jare. Al daardie dankies. Hulle het soos 'n donderstorm deur my gedruis. Ek't op die vloer gaan sit, die klokkie in my hand, en gehuil. Nie hard nie. Net ... gesit en trane gestort vir dinge waarvoor ek nooit dankie gesê het nie.

Ek het hom in my handsak gesit en saam met my huis toe geneem. Ek't dit onder my bed gebêre. Ek was toe reeds ma van twee, en moeg, en bekommerd, en altyd haastig. Klokkies het nie in my daaglikse chaos ingepas nie. Tot daardie spesifieke dag.

'n Dinsdag, nota bene.

Die kinders was woelig. Iemand het iets gemors. Iemand anders het geskree. Ek het in die gang gaan staan en my oë toegemaak. Ek kon voel hoe iets binne my breek – nie groot nie, maar fyn. Soos 'n grein in 'n glas. Ek het na my kamer gestap, onder die bed ingekruip en die klokkie uitgehaal. Sonder om iets te sê, het ek hom gelui.

Pingggg.

Die kinders het gestop. Hulle het net gestaan. Een met 'n lepel in die hand, een met 'n nat hemp. Hulle het na my gekyk.

"Wat's dit, Ma?"

Ek het gesluk. "Dis ouma San se klokkie. Kom ons sê iets waarvoor ons vandag dankbaar is."

Hulle het begin lag, toe nagedink, toe gesê:

"Dankie vir nie skool nie."

"Dankie vir my ham-en-kaas roosterbrood."

"Dankie vir Ma."

Ek het my hand teen my bors gesit en net geluister. Soos sy altyd gedoen het.

Nou lui ek hom elke week. Nie altyd Vrydag nie. Maar gereeld. En die kinders weet: as die klokkie lui, los jy waarmee jy besig was. Nie omdat jy moet nie, maar omdat jy wil.

Soms, as ek weer in my ouma se kombuis staan – ek gaan nog soms terug, net om die geur van haar vloer te onthou – dan draai ek die granaatjie op haar stoofrak tussen my vingers. Ek sê: "Dankie, Ouma. Vir klanke wat heilig was. En vir die stilte wat ná die klank gekom het."

En ek weet – eendag, as ek weg is, gaan iemand die klokkie optel. Hulle gaan dit by hul oor hou. En hulle gaan meer hoor as net klank. Hulle gaan onthou.

Nie net van my nie. Maar van liefde wat nie vergeet nie.

En van klanke wat, soos pitte in 'n granaatjie, altyd weer groei.

Stil soos rivierklippe

Haar naam was nie belangrik vir die geskiedenis nie. Nie volgens hulle nie. Nie volgens die skrifrolle wat net die groot dade van mans opgeteken het nie. Nie volgens die stemme wat hardop gebid en geprofeteer het nie. Maar God het haar gesien. En Moses het haar liefgehad.

Sy het uit Kush gekom – 'n land van donker vel, sterk vroue, en stories wat saam met wind en sand van geslag tot geslag geblaas is. Sy het grootgeword op die oewers van 'n ander rivier, met ander gode, ander gebruike. Maar toe Moses uit Midian terugkom met 'n roeping in sy oë en vrees in sy hande, het sy hom herken. Nie net as man nie, maar as iemand wat ook tussen wêrelde leef.

Hulle het mekaar gevind langs die woestynpad, waar vreemdelinge mekaar met water groet. En Moses het haar nie as 'n trofee of as 'n verassing terug na sy mense geneem nie – maar as 'n metgesel. Sy was met hom toe die Rooi See oopgaan. Sy was langs hom toe hy seer word van die klagtes van die volk. Sy het die berge gesien waar hy alleen met God gepraat het. Sy het nie alles verstaan nie, maar sy het alles gedra.

En toe kom hulle.

Miriam – profetes, suster, stem van die lied ná die see – het vir die eerste keer reguit na haar gekyk.

"Het die Here dan net deur Moses gespreek? Is ons dan nie ook deel van Sy stem nie?"

Maar dis nie wat sy regtig bedoel het nie. Haar oë het gesê: Wat maak sy hier? 'n Kusitiese vrou? 'n Ander?

Aäron het nie beswaar gemaak nie. Want dit was makliker om stil by vooroordeel aan te sluit as om hardop teen dit te getuig.

En die Kusitiese vrou – Moses se vrou – het stilgebly. Sy het nie geskree nie. Sy het nie haar man verdedig nie. Sy het nie vir haar plek geveg nie. Sy het net haar kopdoek stywer vasgetrek en na die verte gekyk, na die horison waar klippe en stof in stilte hul plek in die skepping ken.

Haar stilte het nie onkunde gewys nie, maar beheer.

Haar stilte het nie swakheid gewys nie, maar wysheid.

Want sy het iets geweet wat hulle nog nie verstaan het nie:

Wie jy is, is nie afhanklik van wat mense van jou sê nie.

Wie jy is, is in jou asem, jou loop, jou kyk – nie in hulle oordeel nie.

En toe die Here verskyn het, het Hy nie met háár gepraat nie. Nie om haar tereg te wys nie. Maar om haar te verdedig. En Hy het gesê: "Waarom was julle nie bang om teen my dienaar Moses te praat nie?"

Miriam het melaats geword.

Wit. Wit soos die oordeel wat sy op die vrou wou plaas. En Aäron het gegil. Moses het gesmeek. Maar die Kusitiese vrou het niks gesê nie.

Want die stilte wat God verdedig, hoef nie homself te regverdig nie.

Daardie aand het sy water gaan haal by die bron. Miriam het buite die kamp gesit, wit, alleen, verlate. Die Kusitiese vrou het haar 'n lepel water gebring. En toe het sy stil langs haar gaan sit, nie om haar te oorreed nie, maar om haar teenwoordigheid te bied. Want selfs in vernedering, bly medemenslikheid 'n keuse.

"Ek sou nie gekies gewees het nie," fluister Miriam. "Nie as ek kon kies nie."

"Ek ook nie," sê die Kusitiese vrou sag. "Maar ek is hier."

Toe Moses haar hand later vashou en sê: "Ek is jammer," het sy nie geantwoord nie. Sy het geweet woorde verander nie die wêreld nie – dade doen. En haar dade was eenvoudig: bly, dra, leef, wees teenwoordig.

Later, jare later, sou haar kinders vra: "Ma, hoekom het jy nooit teruggepraat nie?"

En sy sou glimlag, haar hand op hulle koppe sit, en sê: "Omdat ek nie nodig gehad het om my waarde te bewys nie. Ek het dit reeds geweet."

En so het sy geleef. Stil soos rivierklippe. Getrou soos water in die hand van God.

Dogter van Stilte

Ek was maar 'n kind toe ek besef het my ma is anders. Nie net omdat haar vel donkerder was as die meeste ander vroue in die kamp nie, maar omdat mense óf vir haar gestaar het, óf weggedraai het asof haar teenwoordigheid hulle gewig gee.

Maar sy het nie gebuig nie.

Sy het elke oggend haar kopdoek vasgemaak, haar hande in die werk gesteek, haar oë op die horison gehou. Sy het nie met stem geskreeu nie, maar haar dade was luid. My pa het haar liefgehad. Nie net met woorde nie, maar met die manier waarop hy na haar geluister het wanneer ander haar verontagsaam het.

Ek het eenkeer gevra: "Ma, hoekom antwoord jy nie terug as mense sleg praat nie?"

Sy't my aankyk. Haar oë was vol wind. "Want party gevegte wen jy nie met woorde nie. Jy wen dit met wees. Met aanhou asemhaal. Met nie verdwyn nie."

Ek het haar nie altyd verstaan nie. Ek het kwaad geword oor hoe mense haar behandel. Ek wou skree. Ek wou veg. Maar sy het my geleer om nie my vryheid in ander se oordeel te soek nie. Ek moes dit binne my eie lyf vind.

Later, lank ná haar dood, het ek in die stories van ander vroue geleef. Ek het vertel van haar. Ek het haar stilte uitgeskryf in liedere en stories, sodat dogters soos ek sou weet: Jy is nie stil omdat jy niks is nie. Jy is stil omdat jy vol is.

En wanneer mense vra wie my moeder was, dan sê ek nie net die Kusitiese vrou van Moses nie. Ek sê: Sy was wie ek wil wees wanneer die wêreld my oordrewe stemme gee, maar my hart stilte kies.

Stemme van Stilte

Esther was ’n Joodse meisie wat in ballingskap in Persië gewoon het. Haar Hebreeuse naam was Hadassa, maar sy het die Persiese naam Esther gekry. Sy was ’n weeskind wat grootgemaak is deur Mordegai.

Die koning van Persië, Ahasveros (ook bekend as Xerxes I), het sy vorige koningin, Vasti, verwerp omdat sy geweier het om voor sy gaste te verskyn. Die koning het toe 'n nuwe koningin gesoek en 'n kompetisie gehou onder die mooiste jong vroue in die koninkryk. Esther is gekies, maar sy het nie dadelik haar Joodse afkoms bekend gemaak nie, op Mordegai se raad.

Ek het haar hare gekam daardie oggend. Nie soos ander dae nie - nie met sekerheid of speelse vingers nie. Met hande wat gebewe het.

Sy’t nie gepraat nie. Nie baie nie. Sy’t net geknipoog toe ek die mirre agter haar ore sit, soos altyd. Soos haar ma dit gedoen het, sê sy. Maar ek het haar ma nooit geken nie. Ek het net vir háár geken. My Esther.

’n Man met die naam Haman, ’n belangrike amptenaar, het ’n plan beraam om al die Jode in die koninkryk uit te wis. Toe Mordegai hiervan hoor, het hy vir Esther gevra om met die koning te praat — iets wat gevaarlik was, want niemand kon sonder uitnodiging na die koning toe gaan nie, selfs nie die koningin nie.

Ek was nie haar suster nie. Nie haar vriendin nie. Net die meisie wat saam met haar uit Susan se strate gekom het toe die koning vir hom 'n bruid kom soek het. Maar van al die jong vroue het sý my gekies om by haar te bly.

Ek het nie verstaan hoekom nie.

Sy't gesê ek kyk haar aan soos iemand wat nie iets soek nie, maar iets bewaar.

Daardie dag het ek haar help aantrek – nie net vir 'n fees nie, maar vir 'n oorlog van stilte. Want sy het geweet: as die koning haar nie roep nie, en sy verskyn... kan sy sterf.

"Wat as ek nie mooi genoeg lyk nie?" het sy sag gevra.

Ek't my kop geskud. "Dis nie jou skoonheid wat gaan tel nie, Esther. Dis wat jy dra onder dit alles. Maar ek sal sorg dat dit buite ook wys."

Ek het haar hare gevleg soos die koninklikes dit dra. Ek het haar kleed reggetrek. En toe sy stilstaan, en ek agter haar, het ek fluisterend gesê: "Jy is meer as wat mense sien. En as jy moet stil bly, sal ek onthou wat jy gevoel het."

Sy het nie geantwoord nie. Maar toe sy wegstap, het sy my hand vasgehou. Kort. Stewig. Soos iemand wat weet sy loop alleen ... maar nie vergete nie.

Ek was nie daar toe sy die koning se troonkamer instap nie. Ek was nie daar toe hy sy septer uitstrek nie. Maar ek was dáár in die nag voor dit – toe sy twyfel. Ek het haar nie gestoot nie. Ek het haar net gestut.

En ná alles, ná die fees en die briewe en die redding van ons volk – het niemand my naam onthou nie. Ek was maar net haar diensmeisie. Maar ek was daar ... toe moed klere aangetrek het.

Die diensmeisie van Ester word nie in die Bybel genoem nie, maar is implisiet daar – in die voorbereidings, die kamer, die nagte van stilte. Hierdie fiktiewe stem gee gestalte aan al die vroue wat op die agtergrond help bou aan ander se roepings, sonder hul eie kroningsdag. Hulle wat nie mag praat nie, maar tog iemand anders help om te staan.

www.ingramcontent.com/pod-product-compliance
Lightning Source LLC
Chambersburg PA
CBHW072230190626
46809CB00017B/1678

* 9 7 8 1 9 9 7 4 4 3 3 0 8 *